Mの女

浦 賀 和 宏

幻冬舎文庫

Mの女

1

私は時々、学生時代の友人とほとんど付き合いがないのに、なぜ亜美とだけはこうして頻繁に会っているんだろうと考える。

そもそも友達が少ない方だ。学生時代の友人どころか、作家の友達も、知人と言える人が数人いる程度で、後は私を天才だ何だと持ち上げてくれる各社の編集者くらいだ。

作らないようにしている、と言えば聞こえはいいが、実際は誰も声をかけてくれないのだ。嫌われているとは思っていないが、無口で、気難しい、とっつきにくいタイプと思われているのかもしれない。

もちろん亜美とだって、向こうから連絡がなければ、会おうだなんて思わなかっただろう。

「冴子凄いね！　友達が作家になっただなんて、私、みんなに自慢できるよ」

実家に電話して、母から私の携帯の番号を聞いたらしい。

久しぶりの、高校時代の同級生、篠《しの》亜美の声。正直、作家という仕事を騒がれるのは好きではなかった。珍しい仕事であるのは分かっているが、見世物にされているようでいい気持ちではないのだ。でもその時は、不快さよりも、高校生の時の友達が、実家に電話をかけてまで、私に連絡をとってくれた嬉しさの方が勝っていた。

だが亜美と特別仲が良かった記憶はない。顔もうっすらとしか覚えていなかったぐらいだ。ただ席が近かったから、勉強を教えてあげたことは覚えている。皆からバカにされがちな女子だった。そんな亜美と、偉そうに上から目線で話してあげて、私は優越感に浸っていたのだ。今思い出すと少し恥ずかしい。

私は特に気にしていなかったのに、向こうが私のことを友達だと思ってくれていたことが嬉しかった。もちろん、私が作家という特別な仕事をしているから、興味本位で会ってみたいだけかもしれないけど。

亜美が選んだ六本木のバーで彼女と再会した。友達が少ない私だからこそ、その時は本当に亜美との再会が懐かしかった。亜美はこんな声をしていただろうか、こんな顔をしていただろうか。私たちは、高校時代の思い出話に花を咲かせた。もっとも、やはり勉強を教えるだけの間柄だったから、二人だけの特別な思い出、というものはなく、学校の行事とか先生たちのこととか、そんなものだったが。

「六本木ってよく来るの？」

「たまにね。渋谷や新宿に比べると、若い子にナンパされる確率が低いから。銀座もいいんだけど、まだちょっと私には早いかな」

「早いって、もう私たち三十過ぎよ」

「三十なんてまだあまちゃんよ。銀座を我が物顔で歩くのはまだ早いわ」

人は十歳単位で区切りをつけたがる。私はそれに反発して、成人式には行かなかった。でもやはり、三十を超えると、私もおばさんと言われる部類の人間になったのか、と思わずにはいられなかった。亜美の今の言葉は、そういう風潮に対する、細《ささ》やかな反発だろう。だが彼女が四十や五十になったら、一体何を言い出すのだろう、と思って私はちょっとおかしくなった。

彼女は、高校時代よりずっとあか抜けていた。服のセンスも私よりも良いと思った。肩まで届く長い髪も、あの頃より、ずっとサラサラして綺麗だ。

「別人かと思った」

と私は素直な感想を告げた。

亜美は微笑んだ。

「私もようやく、冴子にふさわしい女になれた？」

私が亜美を見下していたことに気づいていたのか、と思わず口をつぐんだ。私の動揺を知ってか知らずか、亜美は、

「あの高校で、一番の出世頭に会うんだもの。そりゃ気合入れておしゃれするわよ」

などと言った。

私は確かに、作家としては成功している方かもしれない。でも多分、私より年収が多い同級生は少なくないだろう。成功している作家といってもそんなものだ。だけど夢を壊したくなくて、亜美には黙っていた。

亜美は大学卒業後、しばらくＯＬをしていたが、人間関係や多忙な業務に神経をすり減らし、今は実家で家事手伝いの身分のようだ。それが恥ずかしいと思っているのか、亜美は訊《き》いてもいないのに、先回りして自分のことをベラベラとしゃべった。

「どうして、私と会おうと思ったの？」

「冴子なら、私のことを家事手伝いだからってバカにしなそうだと思ったから」

作家と言えば聞こえはいいが、私だって同じようなものだ。勤め人ではないのだから。

「ずっと一人でいると、前が見えなくなるの。真っ暗な道の真ん中で立ち止まってる感じ」

「私だって同じだよ。将来の保証なんてないもの」

「でも少なくとも今は、人気作家なんでしょう？　私よりは未来は明るいじゃない」

亜美は自分の暗い未来を、私が照らしてくれると考えているようだった。高校時代、私が彼女に勉強を教えてあげた時と同じように。

それから亜美とは、月に一、二回のペースで会うことになった。何しろ、自営業者の小説家と、家事手伝いだ。時間はどうにでもなった。亜美と頻繁に会うようになったのも、学生時代のノリで付き合えるからかもしれない。

私と付き合ったところで、亜美が歩む道が、明るく照らされるわけではない。だからただの現実逃避的な付き合いだったのかもしれない。でも亜美と会っている時だけは、厳しい評論家の批評や、一向に進まない原稿に頭を悩ます必要がないことに気づき、私もいつしか、亜美と会う日を心待ちにするようになった。

しかしそんな日々も半年ほどで終わった。

亜美に恋人ができたからだ。

もちろん、亜美に恋人ができようができまいが、彼女の私に対する態度は変わらなかった。でも、恋人などできたら、亜美は私よりもそちらを優先するに決まっている。私にとって亜美は一番の存在でなくとも、亜美にとって私は一番の存在であって欲しかった。

虎ノ門のイタリアンレストランで、その亜美の恋人を紹介されることになった。だが、急な用事ができたとのことで彼はその場に姿を現さなかった。その時から、嫌な予感はしていたのだ。約束をすっぽかすような男なんて、ろくなものではないだろう。

「ちょっと遅れるだけ。ちゃんと来るから」

などと亜美は恋人を擁護した。今頃、別の女と遊んでるんじゃないかな、と私は思った。

その後、近くに知っているバーがあったので、そこに亜美と向かった。

「さすが人気作家はおしゃれなお店知ってるね！」

と東京の夜景を眺め回しながら、亜美が感嘆したように言った。私だってこんな店をプライベートで知っているはずもなく、一度編集者に連れてこられただけなのだ。

亜美は恋人に、メールでこの店の名前を伝えていた。内心、余計なことをしなくていいのにと思った。どうせレストランの時のようにすっぽかすに違いない。

しかし私の期待と裏腹に、その恋人は店に姿を現した。彼をひと目見ただけで、私はとても残念な気持ちになった。髪を茶色に染めて、ズボンにチェーンをぶら下げている。十代、二十代前半ならまだしも、亜美と同年代でこのファッションは痛々しい。

私のようなダサい女が、友人の彼氏の服装に口を出す資格がないことは分かっている。だがやはりお人好しな亜美が遊ばれているんじゃないか、という気持ちは否めなかった。

「健康の健と書いて、タケルっていうんだ。よろしく！」

タケルは、私に握手を求めながら、メガネの奥の私の瞳をじっと見つめてきた。その視線が辛くて、私は思わず目を逸らした。

　彼は名字よりも、タケルというファーストネームを強調した。どちらも珍しくない名前だけど、強いて言えば、名字の方がよりありふれているから、なれなれしく下の名前で呼ばせるのだろうか。そういうところも、少し気持ち悪かった。

　タケルは、外国人のミュージシャンの演奏するジャズが聴けるバーにはやはり場違いで、こういう男こそ、新宿や渋谷で女の子をナンパしているんじゃないか、と思わずにはいられなかった。

「どこで知り合ったの？」

「有楽町のアイリッシュパブよ」

「銀座は自分には早いって言ってたじゃない」

「有楽町はちょっと違うのよ。新橋とかも」

　新橋こそ、サラリーマンばかりで亜美には似合わないんじゃないか、と思った。しかし、そんなことより問題は、亜美がタケルとお酒を飲む店で出会ったということだ。それって、ナンパされたのではないのか。

　六本木は若い子にナンパされる確率が低い、とも言っていたような気がする。つまり亜美は、ナンパしてくる男を快く思っていないのだ。にもかかわらず、そうやって出会った得体の知れない男を、軽々しく友人に紹介する。タケルは違う、などと亜美は言うのだろうか？　私だったら、たとえば今ここで、見知らぬ男が声をかけてきたとしても、無視をするだろう。しつこければ店から出て行く。そんな男と交際するなんて、信じられないことだ。

「何？　俺の身辺調査？」

「いえ、二人の出会いを想像していたんですよ。バーで出会って付き合うなんて、映画やドラマではよくありますけど、現実にはなかなかないなぁと思って」

と私は言った。もちろん皮肉だった。

「じゃあ、俺たちの出会いを新作のモデルにしてくださいよ」

私の友達小説家なんだよ、え！　すげえ、今度紹介してよ！——などという二人のやりとりを想像する。

私と亜美との関係にタケルが割り込んできた。そのせいで私は、作家という特殊な仕事をしている自慢できる知人、という存在に成り下がってしまっていた。

もちろん亜美はそんなこと夢にも思っていないだろう——思慮深くないから。

別れ際、私は当てつけのように、二人にスマートフォンのカメラを向けた。亜美は写真に撮られるのが嫌なようで顔を背けたが、タケルは堂々と身を乗り出すようにして顔を近づけた。そういう態度も、正直不愉快だった。まるで、私をバカにしているようだったから。

ダサい格好の私を、本当にバカにしているのかもしれない。

2

私はタケルが嫌いだった。

外見も、口調も、亜美との出会いも、好感が持てる要素は一つもない。

しかし、だからといって、亜美にタケルと別れるように説得することはできなかった。そんな権利は私にはないし、亜美も三十過ぎのいい大人だ。ナンパしてきた男と、気軽に付き合って痛い目を見ても、それは本人の責任だ。

亜美がタケルを彼氏にしたことで、私との関係が希薄になったとしても、それはそれで仕方ない。正直、そこまで亜美と深く付き合っているつもりはなかったし、自分に恋人がいないから、友人の恋に嫉妬する哀れな女になるのは、まっぴらごめんだった。

だがもちろん、亜美がタケルと別れるにこしたことはなかった。そう仕向けるように、自分から行動を起こすきっかけは、意外なところからやってきた。

それは一通のファンレターだった。白い便箋に、直筆で几帳面な字が並んでいる。差出人はマンション住まいの主婦だという。

ブログやSNSの時代でも、作者に直接手紙を送ってくれる読者は一定数いるものだ。内容はもちろん、作品の感想だったり、作者への励ましだったりする。しかしそのファンレターは、少し趣が違った。

当然、差出人は私の小説のファンなのだけど、手紙の内容は作品の感想ではなく、身の回りで起こった事件の相談だったのだ。もちろん、そんな手紙を受け取ったことなど初めてだった。私は、世の中には変わった人もいるものだなと思いながら、その手紙を読み始めた。

私は確かに、広い意味でミステリと呼ばれるジャンルの小説を書いているけれど、だからといって実際の事件を解決できる能力があるわけではない。いくらファンだからといって、そんな相談をされても困る。事件の相談だったら警察に行ってくれというのが本音だ。

だが読み進めるうちに、私は手紙のある箇所に目が釘付けになった。

彼女の部屋の隣に南城萌《もえ》という書店員が一人で住んでいたのだが、つい先ごろ自室で亡くなったという。自殺だった。主婦は死体発見の現場に居合わせたようだが、動機が不明ではあるものの、死因に不自然な点はなかった。

南城萌の両親が遺体を引き取り、主婦の隣は空き部屋になった。そう、それだけの出来事だった。ここで話が終わっていれば。

数日後、空き部屋になった南城萌の部屋に一人の男が訪ねてきた。白石唯《ゆい》という萌の友人によると、その男は南城萌の元カレで、ずっとストーカーのように付きまとっていたのだという。

南城萌の自殺の原因も、そのストーカーに悩まされていたからかもしれない。萌は生前、嫌がらせの誹謗《ひぼう》文書を受け取っていたという。誰の手によるものかは不明だが、状況から考えてそのストーカーである確率は高いのではないか。

作家西野冴子はミステリを書いているだけあって犯罪捜査に詳しいだろうから、首吊り自殺に見せかけた殺人の方法を知っているかと思い、この主婦は藁《わら》にもすがる思いで手紙を送ったのだという。

確かにミステリにおいて、他殺を自殺に見せかけるトリックは沢山ある。だがいずれも机上の空論の域を出ない。ミステリなら成立しても、実際にやるとなったら、警察の科捜研に簡単に見破られるに決まっている。今は髪の毛一本から犯人が特定できる時代なのだ。

隣人の死に疑問を抱いているのは分かるが、南城萌はやはり自殺なのだろう。そういう意味では、私はこの手紙の差出人に協力することができないかもしれない。

しかし私にとっては、南城萌の死の真相よりも、もっと重要なことがある。

私の目を釘付けにした手紙のある箇所とは、そのストーカーの描写だった。

彼は茶髪で、ズボンにはチェーンをつけ、そして名前はタケルというのだそうだ。

南城萌が自殺してから、亜美と付き合うまで、数ヶ月なり一年なりの期間があれば、もちろん不審に思うものの、私はそれほど切迫感を抱かなかったかもしれない。だが手紙によると、萌の自殺は私が亜美にタケルを紹介された数日前なのだ。つまりタケルは亜美と付き合いながらも、前の彼女をストーカーしていたことになる。

普通、前の彼女への未練や、勝手な片想いからストーカーに走るのではないか。だがタケルは、亜美という彼女がいながら、前の彼女に付きまとっていた。

ストーカーというより、二股をかけていたのではないか。そしてその片方は死んだのだ。異常だ。

その手紙に返事を出すまで、それから二週間弱の時間を要した。本当は、すぐにでも連絡しようと思ったのだ。ファンレターの返事なんてほとんど書かないけど、今回ばかりは別だ。しかし、やはりためらいがあった。亜美にタケルを紹介されて、ほどなくしてこんなファンレターが来たのだ。もしかして、この手紙の差出人はタケルと面識があるのではないか。タケルの差し金で、こんな手紙を送ってきたのでは、という不安は拭《ぬぐ》えなかった。でも何のためにそんなことを？

亜美にこのことを伝えようかとも考えた。タケルは昔の彼女をストーカーするような男だということを。だがすんでのところで思いとどまる。同じ名前、同じ格好。こんな偶然はないと思う。でも、万が一ということもある。会って確かめてからでも遅くはない。

結局、私は手紙の差出人の主婦と、都内のホテルのロビーで会った。いかにも噂好きそうな女性だった。私のことを、ジロジロと物珍しそうに見ている。私と会ったことも、帰ったらあちこちに言いふらすのかもしれない。

「私、小説ってあんまり読まなかったんですけど、西野さんの作品を読んで、小説に目覚めたっていうか、いろんな作品を読むようになったんです」

などとその主婦は言った。

「何だか、西野さんが小説でお書きになるような事件だなあって、それで筆を執らせていただいたんです」

私は、読者の方々のそういうファンレターって作品作りの参考になるんです、などと適当に返事しながら、スマートフォンを差し出した。例の虎ノ門のバーで撮った写真が、そこには映し出されていた。

「あなたのお話に出てきたタケルとは、この男ですか？」

何の躊躇《ちゅうちょ》もなく主婦は、

「そうです」

と答えた。私は息を呑んだ。

3

南城萌に付きまとっていた男がタケルであることは、これで確認が取れた。私は喫茶店でお茶をしながら、亜美にタケルを警戒した方がいいと忠告した。

だが、けんもほろろだった。

「タケルなんてありふれた名前じゃない。別人よ」

「その主婦は、あなたの彼氏の写真を見せたら、確かにこの人だと証言したわ」

「それで、結局冴子は私に何が言いたいの？」

「いい？　あなたの彼氏は、あなたと付き合っていながら、前の彼女に付きまとっていた。二股かけられてたのかもしれないよ？　しかもその萌って女性は自殺したのよ」

「だからなに？　私も自殺するって言うの？」

「そんなこと言わないわ。ただ――」

「もう、放っておいてよ。冴子、悔しいんだ！　私に恋人がいるから！　普通じゃないわよ。ファンレターを送ってきた読者にわざわざ会いに行くなんて。そんなに他人の男関係が気になるの？」

「そうじゃないわ。私は――」

「もういい！」

亜美は立ち上がって、店を出て行ってしまった。私は、亜美を呼び止めることもできなかった。

一人取り残されて、私は頬杖《ほおづえ》をつきながら物思いにふけった。

恋人ができて夢中になるのは分かる。だがそのせいで、亜美は周囲が見えなくなっている。タケルが信用できないのは、単なる私の印象だ。偏見と言ってもいいだろう。しかし人が死んでいるのは厳然たる事実だ。

亜美も南城萌のように、自殺しないと一体誰が言えるのだろう。

今現在、分かっているだけでも、タケルと交際関係にあった女性は二人。南城萌と亜美。一人が死んだ。確率は五十パーセント。もしタケルが今まで交際していた女性の中にも不幸があったとしたら。タケルの背景を調べなければ――。

そこまで考えて、思わず自嘲《じちょう》した。確かに、私はあのファンレターを送ってくれた主婦と会った。しかし、それだけだ。亜美は三十過ぎの立派な大人だ。遊ばれて痛い目にあったとしても、私が心配することじゃない。

私は亜美に恋人ができて面白くないから、大袈裟《おおげさ》に心配しているだけかもしれない。亜美には忠告した。後は、彼女の問題だ。喧嘩別れのようになってしまって、少し気まずくなったけど、時が経てばまた以前の関係に戻れる。だからタケルのことなど忘れよう。もう二度と会うわけでもなし――私はそう思った。

だがタケルの情報は意外なところからもたらされた。

作家の役得は、いろいろな本がタダで送られてくることだ。でも私は、評論家でもないし、パーティなどにちょくちょく顔を出しているわけでもないから、他の作家に比べれば微々たるものだろう。わずかな知り合いの小説家からの献本や、作品作りの参考にと編集者が話題作を送ってくれる程度だ。

だから私は、当初その本がどういういきさつで送られてきたのか、まるで分からなかった。

『鈴木家殺人事件の真実』

小説ではなく、いかにもノンフィクションのタイトルだ。そう言われてみれば、鈴木家殺人事件、というのはどこかで見聞きした記憶がある。発生当時は随分騒がれただろうが、私が子供の時に起こった事件ということもあり、テレビのニュースなどでこの事件の続報を知ることはまずない。

作者は泉堂莉菜《せんどうりな》。馴染みのない名前だ。著者紹介によると、こういった未解決事件専門のジャーナリストらしい。なんでも彼女の祖父も、とある事件の疑いをかけられ、獄中で無罪を主張しながら亡くなったという。新村という警察官が府中で共産主義者に殺された事件で、今では「新村事件」として世間に通っている。ジャーナリストを志したのも、その祖父の死がきっかけなのは想像に難くない。

奥付を見る。出版は二年前だった。私のもとに送られてくる本は基本、新刊ばかりだ。宣伝の意味も兼ねて送られてくるのだから当然だろう。昔の本とまでは言わないが、少し旬が過ぎている。鈴木家殺人事件の新情報が手に入った、という噂も聞かない。

差出人は白石唯という人物で、彼女からの手紙も同封されていた。その手紙を開いた瞬間、私はすべて合点がいった。白石唯とは自殺した南城萌の知人の女性だ。確かあの主婦からのファンレターに、チラリと名前が出てきたような気がする。

私はその白石唯からの手紙を読んだ。あの主婦が南城萌の死について私に相談したことを知り、それでは私もと、この本を送る気になったらしい。そんな、駆け込み寺のようになんでもかんでも相談されても困ると思ったが、この本と南城萌の死がどう関係しているのかを知りたくて、私は焦る気持ちを抑えてページを捲《めく》った。

4

鈴木家殺人事件は、二十五年前に都内で発生した迷宮入り事件の一つである。被害者は、鈴木家の両親、そして二人の子供の四人。だが、ただ一人末っ子のTだけが生き残っている。

手紙は、そのTがタケルである可能性を示唆していた。

そうだ――姓と名もどちらも珍しくない名前、強いて言えば姓の方がよりありふれている名前、タケルの名字は鈴木といった。鈴木健、それが彼の本名なのだ。

ひたすら自分のことをファーストネームで呼ぶように言ったのも、鈴木家殺人事件を連想して嫌だったのかもしれない。鈴木というありふれた名字から、二十五年前の鈴木家殺人事件を思い出す人はまずいないと思うが、当事者としての意識は違うのだろう。

『老婆心かもしれません。ただ私は、西野冴子さんのお友達が、萌の二の舞にならないか心配なのです。同封した本は、現時点で、鈴木家殺人事件に関して、最も詳細に描かれたノンフィクションです。お読みいただければ私が何を言いたいのか分かっていただけると思います』

手紙はそう結ばれていた。

私は、タケルが、鈴木家殺人事件の唯一の生き残りである可能性があるという示唆を受けて感慨にふけった。犯罪被害者の遺族。タケルが明るく、お調子者のように振る舞うのは、子供の頃のトラウマを克服するためかもしれない。もしそうだとしたら、一方的に彼に偏見を抱いて悪かったなとすら思った。

しかし、そのことと南城萌が自殺したことに何の関係があるのだろう。亜美が南城萌の二の舞になるとは一体——。

原稿が思うように進まないこともあって、私は『鈴木家殺人事件の真実』を読み始めた。そしてようやく差出人の白石唯が言わんとするところを理解した。

このノンフィクションは鈴木家殺人事件の犯人を告発するものではない。事件の真相も、限りなくぼかして表現されている。一般の読者の中には、著者が何を言いたいのか分からず、釈然としないまま本を閉じる者もいるだろう。

しかし私もいわば同業者だ。作者の泉堂莉菜が言わんとするところは分かった。白石唯も、同じ結論に達した。だからこそ私にこの本を送ってきたのだ。

著者の泉堂莉菜の結論——それはT、つまり鈴木家殺人事件唯一の生き残りこそが事件に関与しているという衝撃の事実だった。

二十五年前の事件だ。帝銀事件、下山事件、三億円事件、昭和史をひもとけば、奇っ怪な未解決事件を山のように見つけることができる。鈴木家殺人事件も、比較的近年に起こった事件の一つというだけ。この本の中でどんな意外な真実が明らかになったところで、私にとっては面白おかしい読み物に過ぎない。ただやはり、奇跡的に生き残った被害者遺族が実は真犯人かもしれない、と考えると背筋が寒くなる思いがする。

原稿がはかどっていないこともあり、私は『鈴木家殺人事件の真実』をその日のうちに読了した。ノンフィクションだが、不謹慎にならないバランスで読者の興味を引きつける筆遣いで、上手い著者という印象だった。

鈴木家は比較的裕福な家庭で、家族は広い庭のある持ち家に住んでいた。だからこそ、強盗等に狙われやすかったのかもしれない。たった一人、Tだけ生き残れたのは、家族の中で一番小柄だった彼がベッドの下に隠れていたからだった。母親が教育熱心で、塾や習い事に通うTの姿は近所でたびたび目撃されていたという。

当時九歳の彼は事件後泣きじゃくり、事情聴取に応じられる状態ではなかった。残念ながら、Tの生存は犯人の有力な情報には結びつかなかったけれど、鈴木家殺人事件を風化させないという運動には一役買った。

四人が殺され、末っ子のいたいけなTだけが生き残った。凄惨《せいさん》な殺人事件だ。警察は捜査を尽くしただろう。だがしかし、結果的に事件は迷宮入りとなった。動機が怨恨なら捜査の進めようもあるだろうが、これが物取り目的の犯行であったなら、犯人の足取りを追うのは簡単ではない。

私もTと同年代だ。この事件について知っている知識はほとんど後追いのものであり、リアルタイムではほとんど何も覚えていないと言っていいだろう。ただ事件が起こった鶴見が私の実家とほど近いこともあり、うちの家族もこんな目にあったら、と恐れ戦《おのの》いたことは覚えている。

最後にニュースで見聞きしたのは、高校生の頃だったろうか。報道番組スペシャルといったテレビ番組で、目撃者の情報提供を呼びかけていたのを覚えている。

しかしそれを最後に、この鈴木家殺人事件の報道はぷっつりと途絶えた。三億円事件や帝銀事件などは、たびたびテレビで特集を組まれている。関連書籍も多い。それなのに四人も殺された未解決事件が、ある時点を境に一切世間で話題にならなくなったのは、やはり奇妙だ。

私も、こんな本が送られて来なかったら、多分一生思い出さなかっただろう。報道が途絶えた理由を、この本を読んで私は初めて知った。それはあまりにも衝撃的な事実だった。

Tは高校生の時、鈴木家殺人事件の取材に訪れたジャーナリストを、ナイフで刺して殺したのだった。

多感な高校生だ。いつまでも自分が巻き込まれた事件のことで取材に来られることに、うんざりしていただろう。傍若無人なマスコミの振る舞いに、腹も立ったに違いない。しかし、だからといってナイフで刺し殺すなんて、前代未聞だ。少なくとも私はそんな事件を聞いたことがない。

普通だったら、それなりに大きなニュースになるだろう。だが、大きな報道はされず、すぐに人々の記憶から消えていった。犯人の少年が、鈴木家殺人事件の生き残りであることも、まったくと言っていいほど報道されなかった。私とてこの本を読んで初めて知ったぐらいなのだ。

ではなぜ、少年Tが人を殺したことを、マスコミは報道しなかったのだろう?

被害者が同業者というのも、少なからず影響したのかもしれない。マスコミの過剰な報道はたびたび問題になっている。だが、もっと大きな理由があった。

実は鈴木家殺人事件が発生した時点で、生き残った少年Tが犯行にかかわっている可能性を警察は視野に入れていた。鈴木家を襲った虐殺の嵐の中、Tだけがまったくの無傷で助かったことを疑問視する捜査官もいたのだ。

犯行は深夜だった。犯人は鈴木家に忍び込み、就寝している両親と二人の子供を殺害した。だが、押し入った形跡は見つけられなかったという。

そして、就寝していた四人の家族はほとんど抵抗する間もなく殺されているのに、Tだけはベッドの下に隠れる余裕があった。

だが、Tが四人を殺した犯人と断定するのは無理があった。九歳の少年に実の家族を刺し殺すことができるのか、ということはおいておいても、彼自身が刃物を振るって凶行に及んだとしたら、必ず痕跡が残るはずだ。それがない。

考えられるのは、Tが顔見知りの犯人を家に招き入れたという可能性だ。だがTは精神的に不安定で、彼から情報を聞き出すことはほぼ不可能だった。また百戦錬磨《れんま》の刑事たちも、さすがにたった一人生き残った、いたいけな男児を容疑者扱いするなど、心理的に抵抗があったと思われる。

結局、鈴木家殺人事件は迷宮入りした。そして事件後、唯一の生き残りのTがナイフで人を刺し殺した。やはり、鈴木家殺人事件にも彼はかかわっていたのではないか――そのような意見が出ても致し方ないところだろう。だからこそ、生き残ったTをまるで英雄のように持ち上げたマスコミは、彼の殺人事件を大きく報道できなかった。

警察は、もう一度、Tが鈴木家殺人事件にかかわっている可能性を洗い出したという。だが彼が直接手を下していない以上、追及しようがなかった。Tが真犯人を知っている可能性は限りなく高かったが、ベッドの下に隠れていて犯人の顔は見ていない、との主張を覆すだけの決定的証拠はなかった。

結局、鈴木家殺人事件と、彼がナイフで人を刺し殺した事件とは、まったく無関係のものとして扱わざるをえなかった。捜査に偏見や予断は禁物だから、仕方のないところだ。だがやはり、片方の事件の犯人なのだから、もう片方の事件でも犯人ではないか、と疑う者もいた。この本の著者、泉堂莉菜もその一人だろう。

そして、私にこの本を送った白石唯という南城萌の知人の女性も。

『鈴木家殺人事件の真実』は鈴木家殺人事件とはまったく無関係に見える、ある一つの火事の描写で終わっている。それは鈴木家殺人事件の一年後、鈴木家からそう遠く離れていない地域で発生した住宅火災だった。死者三名、両親と子供が亡くなっている。だが小学生の長女は、火災発生当時、祖母の家に泊まっていて無事だったという。

著者の泉堂莉菜は、鈴木家殺人事件と、この火災に関連性があるとは断定していない。しかし、奇妙な一致点があることも事実だ。

平凡な家族が、ある日突然、ほぼ全滅の憂き目にあった。ただ一人の生き残りを除いては。

私は、泉堂莉菜がこの本で、何を訴えたいのか、おぼろげながらだが理解できた。

Tは犯人を家の中に招き入れた。そして彼女が鈴木家の四人を殺害した。一年後、Tはその見返りに、彼女の家に火を放ったのだ。

つまりこれが、交換殺人だったとしたら。

5

確かに『鈴木家殺人事件の真実』は刺激的な読み物だった。しかし、鈴木家殺人事件発生当初から、彼が殺人を犯し少年院に入り、社会復帰するまで、報道は一貫してTを匿名で報じている。したがって、Tが亜美の付き合っている鈴木健である確証はない。

私は『鈴木家殺人事件の真実』を、本棚の『ロバート・キャパ写真集』の隣にしまった。本棚のそこのスペースは小説の資料や、昔から好きな本、つまりよく取り出して読む本を並べている。資料の本は仕事のたびに変わるけど、キャパの写真集はずっとこのスペースを占拠している。

もう一度、白石唯の手紙を読み直す。こんな本を送ってくるぐらいだ。彼女は、Tの正体が今現在亜美と付き合っているタケルであるという確信があるのだろう。

どのようにしてそんな確信に至ったのかを知りたかった。タケルという男が胡散《うさん》臭いのは分かる。でもそれだけで殺人事件の容疑者と決めつけることはできない。

私はまたあの主婦に連絡を取ることにした。白石唯から直接話を聞きたかったが、手紙には連絡先が記されていなかったからだ。これでまた原稿が遅れてしまうが、仕方がない。乗り掛かった船だ。

『すいません。もういいんです。お隣さんのことは』

電話で連絡すると、件の主婦は、前回会った時とは打って変わって、つっけんどんな口調で言った。

「もういいってどういうことですか？」

『お隣さんは、自殺したんです。私がとやかく言うことじゃなかったんです。それなのに、調子に乗って西野さんにファンレターまで送ってしまった。お忙しいのに、本当に申し訳なかったと思ってます』

あなたは良くても私は納得できない、そんな言葉が喉元まで迫《せ》り上がってくる。散々タケルが怪しいと騒いだあげく、もういいんです、とはあまりにも無責任だ。

「確かに、タケルと関係のあった南城萌さんが自殺したというだけなら、私も友人に忠告こそすれ、しつこく首を突っ込もうとは思わなかったかもしれません。だけど白石唯さんが本を送ってくれたんです。その本によると、タケルには殺人の前科があり、鈴木家殺人事件の犯人と通じている可能性もあると。それに加えて南城萌さんの自殺にもかかわっているとしたら、見過ごすわけにはいきません。タケルの周辺であまりにも人が死にすぎている」

　私はそう彼女に言い諭したが、彼女はほとんど聞いていなかった。

『私は知らないんです。白石さんが何を考えているのか。その、鈴木家殺人事件なんて恐ろしい事件の名前、今初めて聞きました』

「せめて、白石唯さんの連絡先を教えてくれませんか？」

『知りません』

「まったく知らないんですか？」

『とにかく、もう私は白石さんにも南城さんにも、そのタケルって人にもかかわり合いになりたくないんです。西野さん。あの手紙、忘れてください。正直言って、私、あの手紙、出したくて出したわけではなかったんです』

「どういうことですか？　誰かに言われて出したってことですか？」

　彼女は私の質問にほとんど答えず、それじゃあさようなら、などと言って一方的に電話を切ってしまった。

　私は携帯電話を握り締めながら、しばらく物思いにふけった。

　失礼な態度をとられたことよりも、なぜ急に私への相談を取り下げたのか、そして手紙を出したくて出したわけじゃない、とは一体どういう意味なのか、それら諸々の疑問に対する好奇心が渦巻いて止まらなかった。

あの主婦は、自分が南城萌の二の舞になることを恐れているのだろうか。もしかしたら、南城萌も不用心にタケルの謎を探ったから、あんな結果になってしまったのかもしれない。

私の脳裏に、あるイメージが浮かぶ。薄暗い部屋の真ん中で、天井から垂れ下がった女の死体が、風鈴のようにゆらゆらと揺れている。私の死体だ。

相変わらず原稿は進まなかった。いつものことだが、タケルや、あの主婦、そして『鈴木家殺人事件の真実』の内容が頭を離れず、余計に仕事に集中できなかったのは確かだろう。でも私にはどうすることもできない。あれから亜美と会っていない。さすがの私も証拠もなしに、あなたの彼氏には前科があり、あの鈴木家殺人事件にも関与した疑いがある、などと面と向かって断言できるほど、厚かましくはなかった。心残りになるだろうが、最初っから私には関係ないことだったのだ。そう自分に言い聞かせ、タケルのことや、鈴木家殺人事件のことを忘れようとした。

だが、結局忘れるどころかさらなる深みにはまることになった。思わぬところから事態が動き始めたのだ。本当に意外なところから。

私には、お正月にしか会わない従弟《いとこ》がいる。その従弟から急に会いたいと連絡が来たのだ。

正直、いぶかしんだ。亜美がタケルに私を紹介したように、親戚に作家がいることを誰かに自慢する気なのか。しかし、子供の頃から知っているが、彼はそんな軽薄な人間ではなかったと思う。

一体何の用件なのか、好奇心もあって会うことにした。場所は、あの主婦と面会したのと同じホテルのロビーだった。

「相談したいことがあるって？」

「うん、仕事で忙しいところ、悪いんだけど」

「で、何？」

彼は、遠慮がちに話を始めた。彼の妻が、買い物の帰りに歩道橋から転落し、流産してしまったという。

私も彼の結婚式に出席した。もちろん目一杯祝ったのだが、内心どこか冷めていた。大して親しくない従弟が結婚したからって、まだ独身の私に対する両親や親戚からの風あたりが強くなるのは理不尽だった。

ウェディングドレスを着て、皆から祝福されている、彼の妻。あの時、彼女は自分の身に降りかかる不幸を想像すらしていなかっただろう。

私には、結婚の経験も、妊娠出産の経験もない。しかし同じ女として、授かった命が流れてしまう不幸は、痛いほど理解できる。

だけど何故だろう、心の中で微笑んでいる悪魔の自分がいた。

「それはお気の毒だったわね。でも、どうして私に？」

話を聞くと、彼の妻は脅迫状を受け取っており、誰かに突き飛ばされた可能性が高いという。私は思わずため息を吐《つ》きそうになったが、生まれてくるはずだった子供を失った彼ら夫婦の気持ちを慮って、我慢した。

しかし、正直うんざりだった。世間の人々は、よほど小説家という人間に幻想を抱いているらしい。ましてや、ミステリなど書いている作家は、現実の事件も簡単に解決できると思っているのだ。私が特別な仕事をしているからといって、プライベートの出来事を相談されるのは迷惑なことだと分かって欲しい。

「それで私が『スミレ色の手紙』って小説を書いているから相談に来たわけ？」

短編だから、世間的な知名度は低いかもしれないが、ファンからの評価は高い。紫色の便箋で、嫌がらせの手紙を送る女の話だ。タイトルを、紫色の手紙、では味気ないからスミレ色の手紙としたが、そのせいで宝塚のファンだと思われるようになったのは意外だった。

あの主婦にも、別れ際「宝塚お好きなんですか？」と聞かれた。スミレは宝塚を象徴する花で、宝塚のファンは紫色をスミレ色と言うらしい。

「何かアドバイスがもらえるかと思って。ああいう推理小説を書いているから」

と彼は言った。

「アドバイスなんかないわ」

と私は答えた。残念がると思ったが、特にそんなこともなかった。だったら、何故わざわざ相談しに来たのだろう。

「残念だけど、私は力になれそうもない。でも自分で考えてみたら？　奥さんの妊娠を知っていて、そのショッピングセンター付近で奥さんを突き飛ばせる人間。そう大勢いるとは思えない」

「怪しい奴はいると言えば、いるんだよ。でも何の証拠もない。怪しいってだけで疑うのも罪悪感あるし」

「誰？」

私はほとんど話に興味を失い、軽く相槌《あいづち》を打ったつもりでそう聞いた。

しかし彼の答えは、想像を絶するものだった。

「高原っていう友達の知り合いの、タケルって奴」

「タケル？」

あまりの驚きに、私は二の句が継げなかった。どうしてこの従弟から、タケルの名前が出てくるのだろう。

「いや、見た目で判断するのはいけないと思うんだけどね。なんかなれなれしいし、妻に言い寄っていた素振りもあったし」

急に私がタケルという名前に反応したからだろう。彼は、まるで言い訳するかのようにそう言った。

「そのタケルって、ズボンにチェーンをしてない?」

「どうして知ってるの?」

私はその質問に答える余裕もなく、逆に矢継ぎ早に質問を繰り出した。

「一人で来たの? 付き合っていた女性とかはいなかったの?」

「そんな様子はなかったよ」

皆で集合写真を撮ったと言うから、携帯で見せてもらった。

彼、彼の妻、見知らぬ人々そして——。

そこにはタケルがいた。

間違いない。虎ノ門のバーで亜美に紹介されたあの男だ。

「知っているの?」

「私の友達、亜美っていうんだけど、その子が今付き合ってる男。でも、多分、遊ばれてると思う。もしかしたら、本命の彼女が別にいるのかも。それで人を殺して回っている」

彼は驚いたように、私を見つめた。

6

人を殺して回っている、というのは少し誇張した表現だったかもしれない。しかし、彼の周りで人が死んでいるのは事実だ。

南城萌の自殺。従弟夫婦の流産だって胎児が死んだことには変わりない。そして、鈴木家殺人事件。近所の火災。付きまとったジャーナリストの刺殺。

もちろん確実にタケルの周辺で起こった事件と言えるのは、鈴木家殺人事件と刺殺事件だけだ。後の三つは、タケルが当事者だという証拠はない。でも――。

最初私は、単にタケルのことを快く思っていなかっただけだった。友人の亜美が、あんな軽薄そうな男と付き合うのが何となく嫌だった。だが私は心のどこかでは、亜美自身の問題だ、とも考えていた。私がまるで過保護な親のように交際する男についてあれこれ言うのは、亜美の尊厳に対する無視のようにも思えた。

『もう、放っておいてよ。冴子、悔しいんだ！　私に恋人がいるから！』

最後に会った時の、あの亜美の怒鳴り声が脳裏に蘇る。私だって立場が逆だったら、きっと同じように怒っていただろう。

だが今や問題はそんな次元の話ではなくなった。

私の従弟のプライベートの集まりに、タケルが顔を出した。そんな偶然があるのだろうか。私の従弟と近づくために、偶然を装って近づいたのではないか。

そして従弟の妻は流産した。これは何を意味するのか。流産はあくまでも結果だ。突き飛ばして怪我をさせることが目的だった。つまり私に対する警告ではないか。これ以上、自分と亜美の間に割り込むと、いずれお前もこうなるという――。

自意識過剰だと笑って済ませられる話ではない。そもそも、あの主婦が私にファンレターを送ってきたことも不可解だ。ミステリー作家だからといって、何でもかんでも相談されたら困るのは確かだ。でもよくよく考えれば、実際の事件の相談を持ちかけられたことなど、今まで一度だってあっただろうか？

『私、あの手紙、出したくて出したわけではなかったんです』

あの主婦は、何か止《や》むに止まれぬ事情があって、私に手紙を送ってきたのだ。つまり、私に南城萌の事件を相談することは、彼女の意図ではなかった。だとしたら、手紙の内容も嘘なのだろうか。

南城萌という女性が自殺したかどうかは、調べれば分かることだから嘘ではないのかもしれない。だが、南城萌の知人に鈴木健という人物がいるかどうかは、確かめることが難しい。

いや、タケルはあの主婦の目の前に、本当に姿を現したのだろう。何故なら、従弟は確実にタケルと会っているからだ。証拠の写真がある。私の親戚にタケルを会わせるだけで、私に対する牽制としては十分なはず。あの主婦にタケルと会ったふりをさせることなど、意味があるとは思えない。実際にタケルと面識があるからこそ、私に手紙を送らせたのだ。

疑惑は膨らむ。そもそも、亜美とタケルは有楽町のアイリッシュパブで出会ったという。亜美は偶然出会ったと思っているようだが、そうではなく最初っから亜美を誘惑するためにタケルが近づいたとしたら。

亜美が私の友達だから。

タケルの目的は、最初から私だった。しかし私は、バーでナンパされてホイホイついていくような軽い女ではない。だから、簡単についていきそうな亜美に白羽の矢を立てたのだ。

この推測が自意識過剰だと、誰か切って捨ててくれれば、どんなにか楽だろう。だが亜美とは関係のない場所にも、タケルの影が見え隠れする。いったい何故？

そうだ、白石唯は。

彼女は私に『鈴木家殺人事件の真実』を送ってきた。あの主婦は、タケルだけではなく、白石唯のことも恐れているようにも思える。無関係とは思えない。

タケルと白石唯は知人同士だ。ならば、タケルを知っている従弟も、白石唯を知っているかもしれない。

早速私は、従弟に携帯で連絡した。あの主婦のように、話をなかったことにしてくれ、と言われるかも、と思ったが特にそんなこともなかった。

だが結果は同じだった。

「タケルって、もしかしたら前科があるかもしれない」

従弟はさすがに驚いたようだった。私は、断定はできないんだけど、と前置きしてから鈴木家殺人事件の話をした。

最初は彼も興奮したように話を聞いていたが、だんだんと冷静な口調になっていった。

『前科があるからって疑うのは良くないと思う。ましてや、そのTとタケルが同一人物だっていう証拠なんてないんだろう？』

「タケルを怪しいって言ったのはあなたよ」

『いやそうだけどさ。前科のあるなしで怪しいって思ったわけじゃないし』

従弟の言っていることは正論だった。だからこそ腹立たしかった。まるで私が、偏見にまみれた女だと批判されているかのようだった。向こうから私に相談してきたくせに。

「確かに、鈴木家殺人事件にタケルがかかわっているという確証はないわ。でも、そう言っている人がいるのは確かよ。ねえ白石唯さんって女性知らない？　彼女が私に、鈴木家殺人事件のことを教えてくれたのよ。だから連絡を取りたいんだけど、なかなか捕まらなくて」

　電話先で息を呑むような声が聞こえた。知っているんだ、と私は思った。

　しかし次の瞬間、

『知らないよ』

　という答えが返ってきた。ほとんど即答だった。

「本当に？」

『だってそのタケルって奴、バーベキューで会っただけだから。タケルの知り合いの女まで把握してないよ』

　驚くほど嘘が下手だ。本当に知らないのだったら、白石唯が誰なのか私に訊《たず》ねても良いはずだ。何故訊ねない？

　彼女が誰なのか、十分すぎるほど知っているからだ。

　本当は、もうタケルについても話したくないのかもしれない。しかし彼は私の親族だから、今後も顔を合わせる機会はある。一度話題に出したタケルのことを誤魔化すのは難しい。でも白石唯に関してはシラを切り通すことができると考えているのかもしれない。

「脅迫状の差出人は分かったの？」

『あ、ああ。それはまだ分からない。でも気にしてもしょうがない、って最近考え始めてる。余計な相談をして悪かった』

あの主婦と同じだ。少し言葉を取り繕ってはいるが、結局は話をなかったことにして欲しいと言っているのだ。

問い詰めて態度を硬化させても良くないと思い、とりあえず今日のところは、また連絡するかも、とだけ言って電話を切った。

白石唯。一体何者なのだろう。そしてタケルとどんな関係があるのだろう。あの主婦も従弟も、彼女を恐れている。

もし本当に、タケルが私と接触するために亜美と付き合い始めたのだとしたら、白石唯はタケルに敵対する勢力なのだろうか。私に、タケルは鈴木家殺人事件の犯人かもしれないと、警告してくれるのだから。

でも、だとしたら、何故私と直接会おうとしないのだろう。何故、あの主婦は白石唯を恐れ、従弟は白石唯との関係を隠しているのだろう。

7

大きなマスクをした担当編集者が、モゴモゴと何かを言いながら店にやってきた。駅に直結したショッピングセンターの、ステーキセットのランチが美味《おい》しいお店だ。

「何言ってるのか分からないわ」

「お待たせしました、と言ったんですよ」

編集者は、そう言いながらマスクを外した。そして、後ろを振り返って、むかつくなあ、と言った。

「むかつく?」

「あ、いえ。西野さんのことじゃないですよ。さっき、店の前に突っ立ってて通行の妨げになってた奴がいて、一応すいませんって言って横を通ったら、舌打ちしてきやがった」

「舌打ちし返せばよかったのに」

「僕はそんな下品なことしませんよ。で、原稿の進捗《しんちょく》具合はどうですか?」

私は答えなかった。

「なるほど、芳しくないようで」

「あたし、才能ないのかなあ」

「そんなことないでしょ。何とか今年いっぱいにお願いしますよ。来年は弊社創立の五十周年記念なんだから」

「空想の話よりも、現実世界の方で手一杯でね」

「それって、どういうことですか？」

「周りで変な事件が起きてるのよ。もっともまだ事件と言えるかどうか分からないけど」

特に原稿に進展がなくても、私は担当編集者と、月に一度ほど、こうしてランチをする。もちろん原稿の催促が目的だが、作家にしてみても世間話で気が紛れるし、何気ない会話から小説のアイデアが生まれることもある。

出版社と契約して本を出していると言っても、結局は人と人の繋がりだ。向こうも、私をまだ重要な作家の一人と見ているアピールのつもりなのだろう。こうしてランチを一緒にしてくれるだけで、まだ西野冴子の作家としての賞味期限は切れていないことが分かる。

早速私は、タケルの話をした。話し終えた頃、丁度ステーキセットが運ばれてきた。しかし編集者はステーキになど目もくれず、

「それ、次の小説にしましょうよ」

と言った。

「現実の話なのよ。ノンフィクションは泉堂莉菜の領分よ」

「『鈴木家殺人事件の真実』を書いたノンフィクションライターですね」

「知ってる？」

「パーティで何度か会ったことがあります。やっぱり人と会う職業柄でしょうか。ずいぶん美しい女性でしたよ」

「そりゃ、私は普段人と会わないからあか抜けないわよ」

「何を仰います。西野さんだって、十分お美しいですよ」

皮肉で言っているのは分かっていた。女性の外見をあれこれ言うなんてセクハラよ、と脅してやろうかと思う。

「『鈴木家殺人事件の真実』が西野さんに送られてきたのは、泉堂さんも知っていらっしゃるんでしょうか？」

「いや、本を送ってきたのは白石唯という人よ。多分、鈴木家殺人事件について分かりやすく書いてある本を適当に選んで送って来ただけで、著者本人は無関係だと思う」

「その白石唯って、どうして見つからないんですかね」

「分からないわ。私にタケルのことを警告したいけど、あまり表には出たくないんじゃないのかな。なら匿名で送っても良かったと思うんだけど」

「泉堂さんに連絡してみますか？　本を送った白石唯には心当たりがなくても、鈴木家殺人事件について、本に書けなかったこともいろいろ知っているでしょうし」

「いいえ、それはちょっと考えさせて。著者本人に話を聞いたら、仕事になってしまうでしょう？　今はあくまでもプライベートな段階だから」

嘘だった。著名人に取材した後に、その仕事自体がボツになるケースはいくらでもある。取材が直接仕事に生かせなくても、彼は何とも思わないだろう。

私が嫌だったのは泉堂莉菜本人だった。編集者が美しい女性と評するジャーナリスト。きっと業界の重鎮に可愛がられているに違いない。美貌、愛想、謙虚さ。いずれも私にはないものだ。そんな要領のいい女と会って、生き方が下手な人間だと自覚させられるのは面白くない。

「そうですねえ。今の段階では、事件自体が疑わしいですからね。Tの前科だって、ちゃんと罪を償って出所している以上、あまりつっつくのはよろしくないかもしれない。それに西野さん、興奮すると見境なくなるタイプだからなあ」

「何それ」

最後の台詞は、ぽろっと口をついて出たふうだった。編集者を見つめると、彼は慌てた様子で、

「西野さんは、お友達の命が危ないと思っているんでしょう？　何かあってからでは遅い」

と取り繕うように言った。

編集者の最後の言葉は気になったが、今は亜美のことが先決だ。もし、彼女の身に何かあ

ったら、私は一生後悔するだろう。喧嘩別れのままになっているから、尚更だ。

「本当にタケルが西野さんに近づくために、お友達と交際を始めたのなら大変だ。西野さんに危害が及ぶような事態は、我々としても何としてでも避けなければならない」

何とか会って話を聞いてもらえても、タケルの目的が本当は私かもしれない、などと話したら、ますます亜美は感情的になるだろう。絶交されてもおかしくはない。

「問題は白石唯ですね。タケルの企みを知って、警告するために、西野さんに『鈴木家殺人事件の真実』を送りつけたのかもしれない。つまり白石唯もタケルの被害者だった」

それが一般的な考え方だろうが、私は疑問を抱いている。警告するほどタケルに深入りしているのであれば、白石唯も他の人々のように死んでいても不思議はないのでは？

どうも白石唯もタケルと同類のような気がする。あの主婦や従弟の、彼女についてはしゃべりたくない、という頑《かたく》なな態度も、私にそう思わせる。

「そのタケルって男、いったいどんな奴なんですか？　いやよく知らないのに、奴とか言ったら悪いけど」

「雰囲気良くない奴よ。正直、あんまり付き合いたくないタイプね」

そう言って私は、編集者にタブレットの端末を差し出した。例の虎ノ門のバーで撮った、あの主婦に見せたものと同じ写真だ。

「拝見します」

そう言って、編集者はタブレットを受け取った。

そしてしばらく、ぼんやりと見つめていた。何だか力の抜けたような表情だった。

「なあに、それ。そんなに特徴のある顔？」

と私は笑いながら訊いた。

編集者は表情を変えずに、タブレットの画面から私に視線を移動させた。私は、編集者は力が抜けているのではなく、驚いた顔のまま表情が凍り付いているのだと知った。

「この男、さっきいました」

「え？」

「店の前で、僕に舌打ちした男です」

今度は私の表情が凍り付く番だった。

「本当？」

編集者は、

「間違いないです」

と頷《うなず》いた。

私はゆっくりと立ち上がって、店の外に出た。お昼時のショッピングセンターには、沢山の人々が行き交っている。その人の流れの中に、私はタケルの姿を発見できなかった。順番を待っている客が、私をいぶかしげに見つめる。それでも私はお構いなしに、辺りを見回してタケルを捜し続ける。

たとえ姿が見えなくても、どこかにいるに違いない。どこかにいて、私のことを監視しているに違いない。

だけど、私は遂にタケルを見つけることができなかった。肩を落としながら席に戻ると、緊張した面もちで編集者が私を迎えた。

「警察に相談した方がいいんじゃないですか？」

私は首を横に振った。

「まだ何にも危害を加えられてないもの。警察にはどうにもできない」

「それはそうでしょうけど。でも、不気味ですよ」

「ねえ。そいつ、一人だけだった？　女の子の連れはいなかった？」

亜美とデートしているなら、まだ話は分かった。私の家の近所のここは、以前、何度か亜美と二人で来たからだ。タケルが亜美と食事をする店を探していたところに、偶然編集者が出くわした可能性もある。

でも、

「一人だけでしたよ」

という編集者の答えが返ってきた。

異常だ。

タケルは私のストーカーなのだろうか？

熱狂的なファンに付きまとわれるなんて、私も作家として有名になった証拠かもしれない。しかし、ただのストーカーとは思えない。私に興味があるのなら、直接付きまとえばいいではないか。何故、主婦の読者にファンレターを送らせたり、従弟のバーベキューに顔を出したりする？

そして友人に取り入って、恋人関係になる。

「西野さん。もし不安だったら、遠慮なく相談してくださいね。警察には何もできないと言っても、アドバイスぐらいはもらえると思います。心当たりは何人かいますから」

「ありがとう。頼もしいのね」

私はそう言って微笑んだが、編集者は笑わなかった。

「本当に心配です。西野冴子ほどの才能ある作家が、変な事件に巻き込まれるようなことにでもなったら――」

8

編集者は、ただでさえ原稿が書けないのに、これ以上妙なことに巻き込まれたら、もっと原稿が書けなくなると心配しているのだろう。その危惧《きぐ》は、当たっている。

亜美にはあまり強く言わない方がいいと思ったが、ここに至ってさすがに黙っているわけにはいかず、電話をした。

とってもらえないかと思ったが、そんなこともなく、亜美は普通に電話に出た。

「もしもし、亜美？」

『――どうしたの？』

「今日、彼氏と会った？」

『まだ言ってるの？』

「いいから、答えて！」

私の剣幕に驚いたのか、亜美は一瞬黙って、それから、

『会ってないわ』

私は思わずため息を吐いた。

私は亜美に、鈴木家殺人事件と、従弟の話をした。亜美は相槌も打たずに黙って聞いていた。聞いているかどうか不安だったけど、それでも私は話し続けた。

「――で編集者が見たのよ。あなたの彼氏を。どうして私の仕事の打ち合わせの現場に、彼がいるわけ？　おかしいと思わない？」

私は亜美の返事を待った。

やがて、彼女はおもむろに口を開いた。

『あなたに近づくために、タケルは私と付き合っているって言うの？　何のために？』

今度は私が黙る番だった。

確かにそう訊かれれば、返事に困った。

私は一応有名人だが、誰もが知っている作家というわけではない。ストーカーされるほどの人気者だと自分で言っているようで、少し恥ずかしい。

しかし、タケルが私の私生活のあちこちで姿を現すことが、偶然とはとても思えないのだ。

「また、あなたの彼氏に会わせてくれない？　私に会わせるのが嫌なら、あなたが直接話をつけてくれもいいわ」

亜美は黙った。

「亜美？」

亜美は泣いていた。

『――あなたにタケルのことを言われた時、私、物凄く腹が立ったわ。でもそれって、心のどこかで思っていたことを、ズバリ言われたからよ。冴子、ズケズケとものを言うところがあるから』

「そうかしら」

『そうよ。私だって分かってるわ。まともな男が、あんなふうにパブで声をかけてこないなんてこと。遊ばれているかもって、薄々感づいてた。私、あなたみたいな才能がある有名人の友達がいて、とても自慢なの。だから、タケルが凄くあなたに会いたがった時、あなたにタケルを取られると思った。だから、あなたに会うためにタケルが私に近づいたって言うんなら、そうなんでしょうね』

「私はあなたの彼氏を取らないわ。だってタイプじゃないもの」

『そういうところが、ズケズケものを言うっていうのよ！』

そう言って、亜美は泣きながら笑い声をたてた。

「仮にそうだったら、尚更三人で話し合わないと。誰か間に入ってもらってもいいわ。担当の編集者がいるんだけど、彼なら力になってくれると思う」

すると亜美は、力なく、

『最近、彼と連絡がとれないの』

とつぶやいた。

『何となく分かる。これって自然消滅するパターン』

「家に行ってみたら？」

『駄目よ。どこに住んでいるか知らないもの』

「家に行ったことないの？」

『うん。代々木に住んでいるとは言っていたけど』

「呆れた。お人好しにもほどがあるよ」

しつこく家に行きたいと言うと嫌われるという不安があったのだろう。そんないじらしい亜美を玩《もてあそ》んだタケルに、私は憤りを隠せなかった。

タケルは私と会うために、亜美を使い捨てにしたのだろうか？　あの虎ノ門の店で、一度私と会う、ただそれだけのために。

いったい何故？　ただ会うだけではいけないのだろうか？　私は一応、公人だ。手紙を送ることだってできるし、もしかしたら住まいを調べることも容易《たやす》いかもしれない。少なくとも友人を探す方がよほど面倒で回りくどいはずだ。

亜美と偶然、有楽町のアイリッシュバブで出会ったというのは本当なのだろうか。亜美に西野冴子という作家の友人がいることを知り、面白半分でちょっかいを出しただけなのだろうか。

案外それが真相なのかもしれない。

でも、だとしたら、タケルに前科があると告発した、白石唯とは一体何者なのか。

「ねえ、亜美。白石唯って女性、知ってる？」

すると私がそう言った瞬間、

『知らないわ！　あんな女』

と亜美は叫んだ。

私は思わず息を呑んだ。従弟の反応を思い出した。いや、彼より分かりやすい。

「亜美。お願い。教えて、大切なことなの。その女性が、タケルの正体を知っているかもしれない」

亜美はぐずぐずと渋っていたが、私が宥《なだ》め賺《すか》すと、ようやく白石唯のことについて話し始めた。

『虎ノ門で、冴子と会ってから、一週間ぐらいかな。渋谷でファンデーション買ってたら、対応してくれたのよ』

「美容部員の人？」

『うん。最初は、普通にメイクしてもらってたんだけど、何かの話題の弾みに、恋人との付き合い方の話になったのよ。そしたら向こうが、急にタケルの名前を出してきて——私、びっくりしちゃったわ。何で、私の彼のことを知ってるんですか？　って訊いたら、作家の西野冴子さんのことも知ってますよ、って言われたわ』

「亜美、そのお店よく行くの？」

『よく行くってほどじゃないわ。行きつけの店の中の一つって感じ』

異常だ。

そこが亜美の行きそうな店だと踏んで、美容部員に化けて待ちかまえていたのだろうか？

いや、無関係な人間が店に立つことは、さすがにできないだろう。美容関係の仕事をしていることは確かかもしれない。

「それで、何て言われたの？」

亜美は即答しなかったが、やがて思い切ったように、こう言った。

『タケルの本当の目的は、冴子、あなただって』

私は黙った。

それは薄々感づいていたけど、実際に他人の口から聞かされると、衝撃は少なくなかった。

『どういう意味ですか、って訊いたら、それは追々分かるわ、って言ってきたの。私、気持ち悪くなって、何も買わずに帰ったわ。でも次の日、また気になってお店に行ったら、もういなかった』

「名刺とかもらわなかったの？」

『その時は、そんなこと思いつかなかったわ。とにかく腹が立って、早くそこから立ち去りたくて――冴子、ごめんなさいね。私、あなたのこと疑っていた』

「私を？」

『うん。正直、あなたの差し金だと思ったの。あなた有名人でしょう？　私のところにスパイを差し向けるなんて、お手の物だと思って』

私は思わず笑ってしまった。

「私にそんな力はないわ」

『でも、その時はそう思ったのよ。しかも、それからあなた私に、タケルのことあれこれ言ってきたから、私、腹が立って――ごめんね。私のことを考えてくれているのに、あんなこと言って』

亜美はしくしくと泣き出した。私は亜美を宥めるのに精一杯で、まだ言いたいことがあったのに結局言えずじまいだった。

亜美は単に、タケルが私を女として狙っていると思っている。だけど私はそうは思わない。

私に女としての魅力がまるでないこともそうだけど、あの主婦や従弟、そして鈴木家殺人事件や、Tに前科がついたナイフでの殺傷事件のことが頭から離れないのだ。タケルは私を亡き者にしようとしているのではないか。

私は作家だ。自分で言うのも何だけど、著名人の部類に入るだろう。そういう公の人間を狙う動機など、何だっていいのだ。

しかしその場合、白石唯の目的は何なのだろう？　私に警告してくれているのは分かるが、それにしてはいちいちやり方が回りくどい。

「白石唯って、どんな女性だった？」

『ベリーショートの、綺麗な人だったわ。美容部員だから当然だけど』

ああいうところで働いている女性は、皆、同じユニフォームを着て、綺麗だから没個性的とも言える。でも、そこまで短い髪は特徴的かもしれない。

私は、亜美もようやくタケルのいかがわしさに気づいたことに、ほっとしながら電話を切った。亜美と仲直りできた嬉しさも、もちろんあった。

タケルのことなんて、放っておけばいいとは思う。今の時点では、何の危害も加えられていないのだから。

しかし、もし、タケルが本当に鈴木家殺人事件の生き残りのTであり、南城萌を死に追いやり、従弟の妻を突き飛ばして流産させ、そして今度は、何らかの目的で私を狙っているとしたら。

自分の身を守る、という目的はもちろんある。でもそれだけじゃない。

Tのような人間にかかわることは、推理小説を書いている私にとって、決して無駄な経験にはならないはずだ。タケルが何か大事件を起こした時、私がその事件にかかわっているとなったら、西野冴子の名前は一躍有名になる。

こんな下心を知られたら、亜美は軽蔑するだろうし、編集者は危険なことは止めろと言うだろう。しかし背に腹はかえられない。新作の執筆は進まないし、過去の作品は最近増刷していない。向こうが私を狙っているのなら、こっちから攻撃をしかけてやるのだ。

とりあえず白石唯を見つけださなければ。私と積極的に会おうとしないのは、何か理由があるのだろう。しかし現状、タケルを追う手掛かりは彼女しかなかった。

従弟の妻を思い出す。従弟と同じように、お正月や法事の時にしか会わないけれど、口数が少なく、どちらかと言えば暗いタイプの女性だ。まあ、私が言うことではないけれど。

従弟は多分、白石唯のことを知っている。しかし、彼女のことは秘密にしておきたい。後ろめたいことがあるからだ。その点では、あの主婦も同じだ。しかし従弟は異性であるだけ、男女関係の匂いがする。そして彼は既婚者だ。

実際に関係があろうがなかろうが、どちらでもいい。後ろめたいと思っている以上、脅す材料にはなる。

私は早速、彼に連絡を入れた。白石唯の名前を出すと、心底迷惑そうに彼は言った。

『知らないって言ってるだろ』

「本当に？」

『本当にって何だ。嘘をついてるって言うのか！』

声を荒らげた。嘘をついてるって言っているようなものだ。

「分かったわ。奥さんに訊いてみるわ」

私がそう言った瞬間、彼は黙った。

「奥さんも、あのバーベキューに参加したんでしょう？　タケルと会ったはず。何かタケルから話を聞いたかもしれない」

そう言って、私は彼が口を開くのを待った。

あまりにも沈黙が長いので、もしもし？　と言いかけた時、ようやく彼が言葉を発した。

『どうして、その白石唯という女を、俺が知っていると思うんだ？』

「だって、あなた、その白石唯が誰なのか、私に一度も訊き返さなかったじゃない」

彼はまた黙った。再び口を開くまで、いつまでも待つつもりだった。

たっぷり、十秒はかかった。

『タケルが以前付き合っていた女だ。それ以上は知らない』

そして従弟は、電話先で、ふんっ、と鼻で笑った。

「何がおかしいの？」

『いや、あいつ、こうなることを狙ってたのかな、と思って』

「どういうこと？」

『そんなに知りたきゃ教えてやる。確かに俺は、君に妻が流産した件について相談した。でも、それって、白石唯にそう勧められたからなんだぜ。多分、彼女は君に、良い感情だか悪い感情だか分からないけど、何かしらの気持ちを抱いている。だから俺は、彼女のことを知らないって答えたんだ。余計なトラブルに巻き込まれるのが嫌だから』

今度は私が黙る番だった。

『正直、あの女にはまいってるんだ。俺が君の従弟だからってだけで付きまとわれて。確かに君は才能があって凄いよ。だけど、ファンに押し掛けられたらたまんないよ』

痛いところをつかれて自棄《やけ》になったのか、開き直ったように従弟は言った。

トラブルに巻き込まれるのが嫌だなんて大嘘だ。本当に迷惑に思っているのなら、妻の流産よりも、白石唯のことを真っ先に相談するはずだ。白石唯に突き飛ばされて流産した可能性だってあるではないか。しかし彼は彼女のことを黙っていた。

あの主婦や、亜美だけじゃない。やはり従弟のことも、背後で白石唯が糸を引いていた。偶然、従弟が妻に届いた脅迫状のことを私に相談して、タケルの存在が明るみに出た——私はそう思っていた。

でも、偶然なんかじゃなかった。

最初っからすべて仕組まれていたのだ。

もしかしたら、彼の妻に送られた脅迫状も、私に相談させるために白石唯が送ったのかもしれない。

彼の妻を突き飛ばしたのも。

どういうこと？　私は混乱した。話を聞けば聞くほど、タケルよりも、むしろ白石唯の方が積極的に動いているとしか思えない。

タケルも、白石唯の差し金で、従弟のバーベキューや、私と編集者との食事の席に現れたのかもしれない。だとしたら、中心にいるのはタケルじゃなく、白石唯だ。

美容部員に化けて——本当に美容部員なのかもしれないが——亜美を待ち受けているなんて、芝居がかって、いかにも悪の親玉的なやり方ではないか。

「分かったわ。じゃあ私が直接彼女と話すから、連絡先を教えて」

『知らないよ。もう会ってないから』

なら以前は会っていたのだ、恐らく親密に。

「奥さんに言うわよ」

すると彼は烈火のごとく怒った。

『何だそりゃ！　脅迫するって言うのか？　知らないもんは知らないんだ！　勝手にしてくれ！』

そう言って、電話は一方的に切られた。実際彼が、白石唯と不倫していたかどうかは知らないけど、どうであれ妻から余計な誤解を受けては困るはずだ。にもかかわらず勝手にしてくれ、などと言うのは、本当に白石唯が今どこにいるのか知らないのだろう。

ただ、彼とはもうお正月にも会えないかもしれないな、とは思った。

私は編集者に連絡した。

「前に会った時、泉堂莉菜の話、したでしょう？　やっぱり紹介してくれないかな」

『それは構いませんが、もしかして、何か事態に進展があったんですか？　またあの男が姿を現したとか』

「あの男じゃないわ。女の方よ。白石唯が亜美に会ったようなの。それで私の話をしたらしいわ。亜美が感情的になっていたのも、そのせいみたい。泉堂莉菜の本を私に送ってきたのも、白石唯よ。もしかして、タケルが私の前にちらちら姿を現すのは、白石唯の差し金かも」

『二人はグルだと?』

「もしかしたら、カップルのストーカーかもしれない」

『それはちょっと——』

「考えられないって?」

『いえ。確かに珍しいかもしれませんが、もしそんな奴らがいたら、普通のストーカーより、もっとたちが悪い連中かもしれないと思って』

確かに普通じゃない。

何かしてくるわけではないのだ。ただ姿を現すだけ。そして本を送ってきたり、私の友人に余計なことを言ったり、従弟に付きまとったりする。現状、警察に相談するような事態ではない。だからこそ、やっかいとも言える。

「あの時は、プライベートな段階って言ったけど、白石唯は美容部員に化けてまで亜美にちょっかいを出してきたのよ。普通じゃないでしょう?」

『美容部員?』

私は白石唯が、亜美に私のことを話した経緯を説明した。

『へえ。芝居がかったことをするんですね——』

編集者は何か言いたそうな口振りだったが、結局何も言わなかった。

「遊びのつもりかもしれない。相手にするとつけあがるかもしれないけど、正直、会って何を考えているのか訊いてみたいの」

『泉堂莉菜さんが、白石唯を知っていると？』

「それは分からない。でも手掛かりがないのよ。あれだけの本を書いたノンフィクション作家よ。当然、関係者への取材は念入りに行ったでしょう。Tの顔を知っていてもおかしくはない」

『なるほど、タケルの顔写真を見せて、本人かどうか特定するんですね』

編集者との通話を終えた後、私は泉堂莉菜との面会に備えて、インターネットで彼女の経歴を調べた。そしてあるインタビュー記事を見つけた。

ジャーナリストとしてデビューしてからも、それだけでは食べていけず、彼女は様々なバイトを経験した。祖父が新村事件の被告だったということがバレると、クビになったり、門前払いされたり悔しい想いをすることが多々あったらしい。

銀座でクラブのホステスをやらないかと誘ってくれた人もいた。しかし、新村事件の犯人と目されている男の孫が水商売をしている！　と面白おかしく書くマスコミも現れるかもしれないし、冤罪《えんざい》を訴えたまま獄中で病死した死刑囚の孫、と酔客に好奇の目で見られるのに耐えられず、断ったこともあったそうだ。

しかし、私の目を引いたのは、そのエピソードの陰に隠れて、ほとんど誰も関心を抱かないような、短い、たった一行ほどの記述だった。その記述によると、クラブのホステスを断念した泉堂莉菜は、しばらく美容部員のアルバイトをしていたという。

9

二週間後、私は出版社のカフェテリアで泉堂莉菜と会った。要するに社員食堂だが、何百人もの社員を抱える一流出版社だけあって、空港のラウンジのように、広々として明るく、しゃれていた。ここには何度か来たことはあるが、私はいつになく萎縮していた。

泉堂莉菜が目の前にいるからだ。

「西野冴子さんに、一度お目にかかりたいと思っていたんです」

「そんな、恐縮です」

私たちは名刺交換をしながら、お決まりの社交辞令を交わした。

「私、西野さんの『スミレ色の手紙』が大好きなんです。さんざん訊かれたんじゃないですか？　宝塚が好きなんですかって」

私は苦笑いして、ええ、まあ、などと当たり障りのない返事をした。

西野冴子は中堅の作家だが、誰もが知っているかというと、怪しいところだ。作品が大好きだと言われて、素直に信じるほど私はお人好しではない。きっと、今日に備えて、一夜漬けで私のことを勉強してきたのだろう。

『スミレ色の手紙』はファンの間では人気の短編だ。たまたま紫色をスミレ色と表現したせいで、宝塚ファンと思われているのも事実だ。しかしその情報は、相当深く調べなければ、ネットでは分からないことだと思う。

あの主婦も、私に宝塚お好きなんですか？　と訊いてきた。スミレ色が宝塚を象徴する色であることを知っているなんて、相当の宝塚ファンだ。でも、何となくの印象だけど、彼女はそんなふうには見えなかった。軽い気持ちで、うっかり訊いたように思えたのだ。

誰かに、私に南城萌のことを相談しろと言われたのだろうか。その誰かに宝塚の話を教えられたのか？

白石唯。

さらに私は、亜美の話を思い出した。

『ベリーショートの、綺麗な人だったわ』

私は、泉堂莉菜を見つめた。

ベリーショートの、とても美しいジャーナリストだった。

まだ会って数分しか経っていないけど、すぐに分かる。有能な人間だと。もちろん彼女は、元々の顔の作りも美しいかもしれないけど、それだけではない。四六時中表を出歩いて人と会い、人心掌握《しょうあく》をする必要があるから、結果的に外見も美しくなるのだ。偏見かもしれないけど、サラリーマンでも外回りの営業をやっている人は、プライベートで会っても社交的な人が多いような気がする。

私とは違う。私はほとんど家にいて小説を書いている。それが仕事だから。取材もほとんどしない。取材が必要な小説じゃないから。だから私は結果的に外見も美しくない。

同じ作家でも、ノンフィクションと、フィクションでは、書き方がまるで違うのだから、私が泉堂莉菜のように美しくなくたっていい。作家はそれぞれなのだから。私はそう自分に言い聞かせる。

ただ、思う。人の心をつかむのが上手いであろう泉堂莉菜なら、あの主婦に手紙を書かせることも、従弟を誘惑することも、美容部員になりすまして亜美に警告することも、できるのではないか。

何しろ彼女は美容部員のバイトをしていた経験があるのだ。その時のツテを辿《たど》って、上手いこと亜美が店に来る時を見計らって、店に潜り込んで店頭に立ったのではないか。

あまりに泉堂莉菜を直視してしまったせいか、彼女は、少し首を傾《かし》げて私に微笑みかけてきた。怪しまれたかも、と思って私はさりげなく目を逸らした。

「お忙しいのに時間をとっていただいて、申し訳ありません」

「いえ、そんなことはありません。ここにはちょくちょく顔を出しているんで」

そう言って、泉堂莉菜は笑った。何がおかしいのか私と彼女のそれぞれの担当もへらへらと笑っている。確かに、ノンフィクションと小説とは部署が違うので、今日は中々珍しい顔合わせかもしれない。

「早速ですが、ちょっとこの写真を見ていただけないでしょうか？」

泉堂莉菜の雰囲気に飲まれるわけにはいかないと、私は彼女にタブレットの画面を差し出した。そこには、虎ノ門のバーで撮ったタケルの写真が映っていた。

泉堂莉菜は、タブレットを受け取って、ずっと画面を直視していた。

「この男性は、どちらの方ですか？」

画面に視線を落としたまま、泉堂莉菜は訊いた。

「単刀直入にお話しします。私は、『鈴木家殺人事件の真実』を読んで、泉堂さんにお会いしたいと思ったんです」

そこで初めて、彼女はタブレットから顔を上げて私を見た。

「あの本を読んでいただいたんですか？」

そう言って、にっこりと笑った。

「本について話を訊きたいって方は沢山いますけど、そういう方々は大抵、新村事件についてなんです。鈴木家殺人事件について話を訊きたいと仰った方は、西野さんが初めてです。鈴木家殺人事件については、他の方も沢山書いてらっしゃいますから」

新村事件に関しては、彼女の祖父が犯人である根拠があまりにも薄いとして、冤罪説を主張する者は多い。だがやはり、就職やバイトの件を始めとして、世間の偏見の目はあっただろう。彼女が放つ強い存在感は、そういう人々と戦うという決意と決して無関係ではないのかもしれない。

「白石唯という女性に心当たりは？」

「ありません」

当然だが、彼女はそう答えた。仮に白石唯の正体が彼女であっても、あります、などと答えるはずはない。

「白石唯という女性が、その本を私に送ってくれたんです。もしかしたら、著者の泉堂莉菜さんのお知り合いかと思って」

「残念だけど、心当たりはありません。でも仮に、私と面識があったとしても、その人物が、どうして西野さんに私の著書を送るんでしょうか？　それも新村事件ではなく、鈴木家殺人事件についての本を」

私はおもむろに言った。

「その写真に写っている男、鈴木家殺人事件の生き残りのTじゃないですか？」

「どうして、そう思うんですか？」

泉堂莉菜の表情が、変わったように見えた。

「はっきり言います。この写真の男性は、私の友達の恋人で、鈴木健といいます。泉堂さんの本を送ってくれた白石唯さんは、鈴木健がTであると私に警告してくれたんです。Tは鈴木家殺人事件に関しては、被害者の遺族という位置づけです。その後に犯した殺傷事件では、未成年であることから氏名や顔写真は公表されませんでした。これがもっとセンセーショナルな事件であれば、ネットで氏名や顔写真が拡散されるということもありえますが、事件自体は刃物での殺傷でそう珍しいことでもないし、その犯人が鈴木家殺人事件の遺族であると、マスコミではいっさい公表していません。被害者がマスコミ関係者であることも一因かもしれませんが」

「公表したら、その時点で身元が特定されてしまいますから、まあ当然ですね」

先ほどまで、ニコニコと愛想の良かった泉堂莉菜は、今は少しだけ厳しい顔になっていた。

そんな彼女の顔を真っ直ぐに見据えて、私は言った。

「私は、白石唯さんにコンタクトを取ろうとしましたが、会うことはかないませんでした。私は彼女の話に信憑性《しんぴょうせい》があるかどうか確かめたいんです。泉堂さん。あなたならTの顔を知っていると思って。関係者に取材して、こんな立派な本を出しているぐらいですから」

泉堂莉菜は少し黙って、

「今日の面会は、そういうことでしたか」

と言った。さっきまでヘラヘラ笑っていた二人の編集者も、場の空気に飲まれたのか口をつぐんでいた。

しかし編集者は、勇気を出して、といったふうに切り出した。

「泉堂さん。協力してくれませんか？　この写真の鈴木健という男。私と西野さんの打ち合わせの席を覗いてたんです。普通じゃないですよ。もしあの男が、泉堂さんがお書きになった『鈴木家殺人事件の真実』のTなら、大変なことだ」

すると、

「どうして、大変なんですか？」

と泉堂莉菜は訊き返した。

「Tが鈴木家殺人事件の被害者の遺族であるということと、後に殺人を犯して少年院に入ったことは、まったく別の問題ですよ。Tは更生して社会復帰しています。友達が前科者と付き合っているから嫌だとか、前科者が周囲をうろついているから嫌だとか、そんなものは酷い偏見です」

泉堂の剣幕に編集者は黙った。冤罪を着せられた――少なくとも彼女と支援者はそう主張している――祖父を持つ彼女の口から出たその言葉は、何よりも説得力を持って私の胸に響いた。

その意見は確かに正論だ。しかし私は納得ができなかった。なら、どうして『鈴木家殺人事件の真実』で、Tが人を殺して少年院に入った、などという記述を入れたのだろう。あんな書き方をすれば、読者は誰だって二つの事件を関連づける。別の問題、などと言うのであれば、Tが人を殺した記述など削除すべきだろう。それをしないのは、泉堂莉菜だって薄々、Tが鈴木家殺人事件にかかわっていると考えているからだ。

もちろん彼女は、それが偏見だと自分でも理解している。だから編集者のような意見を聞くと、まるで自分の考えを指摘されているかのようで、苛つくのだ。

「偏見と言われれば、その通りです。だけどタケル――鈴木健は信用ができません。現に今、どこにいるのか行方がつかめないんです。自意識過剰だと笑われるかもしれませんが、私と接点を持つために亜美――私の友人と交際を始めたふしも見受けられます。失礼なことをお尋ねるようですが、泉堂莉菜さんは、Tの正体を知っているんですか？」

泉堂莉菜は、しばらく私の顔を見つめた後、

「知っています」

と頷いた。

「では、その写真の鈴木健とTが同一人物かどうか、教えていただくことは可能でしょうか？」

「それはできません。少なくとも、私の口から、第三者にお教えすることはできないんです。私は様々な人と会って、それを絶対に他人に口外しないという約束で話を聞かせてもらったんです。もちろん口約束ですが、それを破ったら私は信用できない人間として、この仕事を続けていくことはできなくなります」

「そうですか――残念です」

と私は、意気消沈したふりをして言った。

だが、泉堂莉菜がこう答えることは予想していた。いくら愛想が良くても、今日初めて会った人間に、仕事の情報をベラベラと言いふらすジャーナリストはいないだろう。

しかし、言質《げんち》を取られたくないから、こういう言い方をしたのだとも思うのだ。もしタケルとTが別人であるなら、はっきり違うと断言すればいいだけの話だ。にもかかわらず、彼

女はそう言わなかった。何故？

間違いない――タケルとTは同一人物だ。白石唯の言っていることは正しかった。

では、泉堂莉菜と白石唯は？

想像する白石唯のイメージと髪形が泉堂莉菜と同じだから、私は二人を同一視してしまっている。だけど、もし彼女が白石唯なら、なぜ偽名を使ってまで、私に『鈴木家殺人事件の真実』を送りつけたりするのだろう。ましてや美容部員になりすましてまで、亜美と接触するなんて普通じゃない。でも――。

白石唯とタケルがどんな関係なのかは分からない。しかし泉堂莉菜とTが鈴木家殺人事件の取材の過程で出会ったと考えるのは、極めて自然ではないだろうか？

「泉堂さんは、どうして鈴木家殺人事件を扱おうと思われたんですか？」

「これもあまり言えないんですけど、ある方からの勧めとだけ答えておきます。私は祖父の冤罪を晴らすのに必死で、就職活動が上手くいきませんでした――」

泉堂莉菜は、ジャーナリストとして活動するいきさつを語り始めた。それはほとんど、ネットで読んだあの記事と同じ内容だった。しかし、美容部員のバイトをしていたことは最後まで言わなかった。それが、私の彼女に対する不信感をいっそう強めた。

「――必然的に収入は、新村事件のことを書いた本の印税だけになります。でも、何冊も次から次に出せるような題材じゃありません。新村事件を追うのはあくまでもライフワークで、収入の方はジャーナリストという肩書きで、他の事件も扱った方がいいと勧められたんです。その『鈴木家殺人事件の真実』は、私が新村事件以外を扱った初めての本なんです」

泉堂莉菜は、鈴木家殺人事件の取材で、タケルと出会った。そして、彼が再び殺人を起こしかねない人間だと知った。

彼女は取材が終わった後も、タケルを追いかけ、そして亜美と付き合っていることを突き止めた。浮気性のタケルが、亜美の友人の私に関心があることも把握した。だから、なんとかしなければならないと思った。

だが、それを自分で直接言うことはできない。何故なら、取材の情報は絶対に他人に口外できないからだ。

だからこそ白石唯という偽名で、私に自分の本を送り、それでは飽き足らず、美容部員になりすまして亜美に警告したのだ。

単刀直入に問いただしたところで、もちろん彼女は否定するだろう。もしこの推測が当たっていればそれでもいいが、外れていたらみっともない。私だって、いくら警告するにせよ、美容部員になりすますなんて、そんな芝居がかったことをする必要があるのだろうか、と思う。あまりにも非常識だと。

しかしそれを差し引いても、彼女が過去に美容部員のバイトをしていた、という事実は見逃せなかった。誰もが気軽に始めるバイト、とは言えないだろう。

「タケルとTが同一人物であるかどうか、それは私が自分で確かめなければならない、ということですね」

泉堂莉菜は、頷くこともなく、

「もちろん、ご自分で調べていただく分には、一向にかまいません。私が反対する権利はありませんから。ただ、ご協力はできない、ということです」

と言った。

一見、もっともな回答だが、私にはそれにすら不信感を抱いた。もし泉堂莉菜に何の意図もないのなら、私が鈴木家殺人事件の関係者の周辺をうろつくのを、快く思わないのではないか。約束を破って情報を漏らしたのかと、クレームが来るかもしれない。それなのに勝手にやってくれという。

私は、泉堂莉菜にあからさまな愛想笑いをした。きっと美しいあなたは、私をダサい女だとバカにしているでしょうね。でも、私はあなたの考えていることなんてお見通しよ、そんな対抗心を込めたつもりだった。

するとと彼女も、今日一番の笑顔を返してきた。あの恐ろしいT、鈴木健とあなたは互角に戦えるかしら？　お手並み拝見ね、そう思っているに違いないと私は勝手に想像した。

　そんな私たちの微笑みの視線が、綺麗なカフェテリアで激突する。私の担当編集者と、そして泉堂莉菜の担当編集者は、そんな私たちに為《な》す術もなく、あたふたとしているだけだった。

10

「分からないわ」

　と亜美はタブレットを観て言った。ネットを少し探せば、自著をPRする泉堂莉菜の顔写真をいくらでも見つけることができた。本当は、出版社のカフェテリアで会った時に写真を撮らせてもらえば良かったのだが、さすがにそこまで図々しいことはできなかった。

「こんなにはっきり写ってるのよ。分からないってことはないでしょう」

「そりゃ、この写真ははっきり写ってるけど、私の記憶はそうじゃないもの。じゃあ冴子は、お店の店員の顔を、一ヶ月後もはっきり覚えてる？」

「あの人なら覚えてるわ」

　私は、バーカウンターの中の、オールバックのバーテンダーを見つめた。鼻が高く、不潔にならない程度に伸ばした無精髭に野性味があって、なかなか格好がいい。

　ここは、亜美がタケルと会ったという、有楽町のアイリッシュパブだ。やはり場所柄、サラリーマンやOL風の女性が多い。そうでない普段着姿のお客もいるが、年齢層は高めだ。タケルも決して若いとは言えないかもしれないが、少なくともあんなファッションをしている客はいなかった。

「それは、覚えようとしてるからでしょう？　それか気があるからか」

　と亜美。

「第一、こういうお店は長居しがちでしょう？　それにあの時は、いきなりあなたのことを言われて、怖くなってすぐに逃げたから」

「仮にそうであっても、そんな突拍子もないことを言われたら、びっくりして相手の顔をまじまじと見ない？」

「そりゃ見たわよ。でも改めてこの人かって訊かれると、自信ないなあ」

「本人に会えば分かる？」

「そういうことでもないと思う。だって一ヶ月も前のことだし」

　泉堂莉菜はタケルを追っていた。だが、タケルを疑っていたこともあって、本名で周囲をうろつくのには抵抗があった。だから偽名を使って、タケルの元恋人の南城萌に接触を試みたのではないか。

亜美は白石唯と数分会っただけだ。だがあの主婦は、恐らく白石唯と泉堂莉菜が同一人物かどうか判別できる程度には親しくしていただろう。しかし電話をしただけで、あの取り乱しようだ。無理矢理押し掛けても、本当のことを話してくれるかどうか分からない。

「この人が、あなたに警告するために、私を待ちかまえてたって言うの？」

「証拠はないわ。でも美容部員のバイトをしていたっていうのよ。こんな偶然、あると思う？」

「でも、私が顔を忘れていたからいいわよ。もし覚えていたら？　私が、この写真を指さして、この人よ！　って断言したら台無しじゃない」

「うーん」

私は思わず唸った。確かに、一ヶ月も経てば店員の顔など忘れるだろう、などという曖昧な判断で、あの泉堂莉菜が、こんな計画を立てるとは思えない。ある程度の勝算がなければ行動に出ないはずだ。

「泉堂莉菜の最初の計画では、美容部員になりすましてあなたと会って、白石唯という偽名で、私に自分の本を送りつけるだけだった。まさか私が編集者に頼んで、面会の場を設けるなんて想像もしていなかったんじゃない？」

「なるほど、物は言いようね」

「なあにそれ。一生懸命考えているのに」

「気を悪くしたらごめんね。でも何となく、冴子、その泉堂莉菜っていうジャーナリストを嫌っているように思って――」

私は黙った。

確かに彼女はいけ好かなかった。綺麗で、ハキハキと話し、出世するんだろうなあ、と思わずにはいられないオーラを放っている。正直、友達にはなりたくないタイプだ。

それだけで、私は彼女を悪く思いたいのだろうか？

違う、そんなことじゃない。もし私の想像が確かだとしたら、彼女は私に警告してくれているのだ。彼女に反発して、こんな推理をしている、などという亜美の指摘は当たらない。

「タケルとは？」

「ぜんぜん会ってないわ。やっぱり遊ばれてた」

そう亜美は言った。

「それか、あなたの言う通り、冴子目当てだったのか」

私はしばらく無言で、ぐるりと店の中を見回した。何食わぬ顔でタケルがいるかも、と思ったのだ。私と編集者の打ち合わせの席にも姿を現したのだ。神出鬼没なのかもしれない。

しかし、タケルらしいお客はいなかった。

「ここでタケルに声かけられたのね」

「そうよ」

「その時、あなた一人だった?」

「——うん」

何かそのことには触れられたくなさそうに、暗い声で亜美は答えた。

「一人でパブなんて来るんだ」

「その日は、一人で有楽町をさまよってたの。言ってなかったけど、前の彼氏と別れたばかりだったから」

「この界隈でよくデートしたの?」

「そうよ。ちょうど観たい映画もあったから来たんだけど、その映画館、よくその彼と一緒に行ったから、なんだかよけいに寂しくなっちゃって。それで映画が終わった後、この店に来たのよ。白状するわ。私、男に誘われたかったのかもしれない。だから、その時、ちょうどタケルに声をかけられたから心許しちゃったのかも」

弱っているところを狙い撃ちされた、ということか。亜美の雰囲気で、失恋したばかりだと見抜いて声をかけたのだろうか。もしそうだとしたら、タケルは相当女性に関しては手慣れた男だ。

そうでなかったとしたら。

「タケルはその時、誰かといた？」

「ううん。一人だったわ」

この店は、タケルが来るような雰囲気ではない。誰かと一緒で、その人に連れられて来たというなら分かるのだ。でも、そうではない。

「変なこと訊いていい？」

「何？」

「その映画館に、タケルいた？」

私のその質問に、亜美は絶句したようだった。

「タケルが映画館からここまで私をつけてきたって言うの？」

「劇場でたまたまあなたを見かけて、口説こうと思って、この店に入ったんじゃないかな」

私はそう当たり障りのないことを言ったが、本心は違った。

タケルはもっと早い段階から、亜美を尾行していた。そして自然に話しかけるチャンスをうかがっていたのだ。だから亜美の後を追って、この店に入ったのだ。

亜美と付き合っているうちに、私の存在を知り、浮気性のタケルが亜美から私に関心を持った――という、そもそもの前提が間違っていたとしたら。

尾行して、偶然出会ったふうを装い亜美と接触するなんて、強い意志がなければできないだろう。もしそれが亜美目当てだったら、私のことを知ったぐらいで、簡単にこちらに乗り換えようだなんて、不自然ではないのか。

そもそも、タケルは最初っから私が目的だった。

そう考えるのは不自然だろうか。でも、そう思わざるをえないのだ。あの白石唯も、タケルが私を狙っていると警告するのに、私に直接言わず、亜美に言ったのだ。亜美が私の一番の親友だと、彼らは知っているのかもしれない。だから、タケルは私を狙うために、まず亜美に近づいた。

でも何故？　どうして私がタケルに狙われなければならないのだろう。Tとタケルは同一人物かもしれない。でもそれ以前に、私は鈴木家殺人事件にもTにも、いっさい関係がないのだ。

「亜美。あなたと私は高校時代からの友達だよね」

「なあに、改まって――」

私は亜美が怒るのを承知の上で、タケルは元々、私を狙って亜美に近づいた可能性を話した。意外にも、亜美は黙ってその話を訊いていた。

「そうよね。私はただの家事手伝い。でもあなたは作家だもの。私よりも、あなたの方がストーカーされる理由があるかも」

　そう言って、亜美は疲れたように笑った。

「もういいわ、あんな奴。勉強したと思って、忘れるわ」

「勉強って？」

「ナンパから始まる恋愛はしないってこと！　でも変じゃない？　タケルの奴、どうしてあなたにちょっかい出してこないの？　だって、それが目的で、私に声をかけたってことでしょう？」

「一回、編集者が姿を見かけたけどね。あなたと一緒ならともかく、一人であんな場所にいるなんて絶対におかしい」

「遠くから見てるだけで満足ってやつ？　あーやだやだ、気持ち悪い」

　確かに今はその程度かもしれない。でも、今後タケルの行動がエスカレートして、どんな事件を引き起こすか分かったものではない。

　鈴木家殺人事件の現場が、Tに刺殺されたマスコミ関係者の死体が、目に浮かぶようだ。そんな惨劇が身近で起きるなんてゴメンだ。

「それで、話の続きなんだけど、何か心当たりない？　私がタケルに狙われるような理由」

「高校時代のことをタケルが根に持ってるってこと？　でも、私たちの学校に、あんな奴いなかったじゃない」

「それはそうよ。でも、私にちょっかいを出すのに、まずあなたを狙うなんて、タケルはあなたのことも前々から知っていたとしか思えない。私たちはタケルと同年代でしょう。何か他校の生徒とトラブルになって、それをタケルが今でも恨んでいるとは考えられない？」

亜美はしばらく考え込むような素振りを見せて、

「短い間の付き合いだったけど、あいつ、そんな陰険なタイプじゃなかったと思うけどなあ」

と言った。確かに、亜美のその意見は頷ける。しかし人の暗い心のうちは、決して見た目では判断できない。

「私はやっぱり、あなたが作家だから付きまとわれているんだと思うわ。あなた自分じゃ気づかないだろうけど、作家なんてそうそう周りにいないんだから」

「作家なら、私以外にもいるわ。それに、私のファン層は女性が多い。ああいう男性が読むとは思えないんだけど」

「別にOLが主人公の小説を男が読んでもいいじゃない？　タケルが前に付き合っていた女が読んでたってこともあるかもしれないし」

以前、付き合っていた女。

再び、あの主婦のことが脳裏を過《よ》ぎった。南城萌のことも。

あの主婦は私の本の愛読者だ。南城萌も書店員で、タケルが私のことを知っていても不思議ではない。

まさか、南城萌が自殺した原因は私にあるというのだろうか？　私の小説に影響されて？　そういうこともあるかもしれないけど、自殺の原因は複合的なものだ。私一人のせいにされてはたまらない。

「とにかく、高校時代のことじゃないと思うわ。私が狙われたのも、最近、冴子とよく会ってるから体よく利用されただけじゃないかな」

そう素っ気なく、亜美は言った。

11

どこかにあるはずだ。私がタケルに狙われるようになったきっかけが。三十数年の人生のどこかで、私は彼と邂逅《かいこう》した。私が忘れてしまっているだけで、彼はずっと私のことを覚えていた。

私に直接声をかけてもよかった。でもタケルは亜美を狙った。何故？　私はナンパに引っかかるような軽い女ではないと判断されたのだろうか。それとも、私の反応を確かめるためだろうか。正々堂々私の前に姿を現すよりも、亜美の恋人として現れて、徐々に気づかせようとしたのだろうか。

でも私には心当たりはない。タケル、鈴木健、T——。

私はもう一度最初から『鈴木家殺人事件の真実』を読んだ。Tがタケルだとしたら、このノンフィクションはタケルの人生を知る手がかりになる。

もし——知らない間に、私の人生とタケルの人生が交差していたとしたら。

鈴木家殺人事件が起こったのは、横浜の鶴見だという。地名を聞いても、何の感慨も浮かばなかった。買い物などで遊びに行ったことはあるけど、その程度の記憶しかない。

鈴木家殺人事件の後、Tは東京の日野市に住む、母方の伯父夫婦に引き取られる。その地名も、馴染みのないのは鶴見と同じだった。Tは日野市で暮らし、そこで件のマスコミ関係者を刺殺する事件を起こす。伯父夫婦は日野にいられなくなり、引っ越しを余儀なくされたという。

Tに殺されたマスコミ関係者やその家族はもちろん不幸だが、その伯父夫婦も気の毒だと私は思った。妹の息子を引き取って育ててあげたのに、彼は殺人者となり恩を仇《あだ》で返したのだ。泉堂莉菜は伯父夫婦にも取材を行った。彼らは身分を隠して逃げたのだ。それなのに、引っ越し先を突き止め取材に成功するなんて、やはり彼女はジャーナリストとしては優秀なのかもしれない。

　だが、やはり見た目が綺麗だから、売り出すために、出版社や先輩ジャーナリストが大々的にバックアップしたのだという噂をネット等で多く目にした。また、新村事件の被告の孫だから、祖父の冤罪を主張する左翼系の団体からも祭り上げられているとか。

　そういう出自やコネも、才能の一つだと思う。だがやはり、彼女と違って、私はせいぜい編集者に資料を用意してもらうぐらいのことしかできないので、何となく面白くない。

　伯父夫婦には実の息子がいて、平等に接しているつもりでも、やはり実の息子に比べて邪険にしてしまったかもしれない、と伯父は語ったという。その息子も事件以来家を出て、もう何年も会っていないらしい。

『私たちと一緒に暮らしていると、出所したTがやってくるかもしれない。だから離れて暮らすことにしたんだと思います』

　そう伯父は語ったという。まるでお礼参りを恐れている印象を受ける。殺人の動機は、マスコミに付きまとわれたからという話だが、彼の実子も何らかの関係があるのかもしれない。だが犯人も犯行動機も明白だという理由で、捜査の手は彼には及ばなかった。

　本の内容は、あくまでも鈴木家殺人事件を追究するものなので、Tが起こした事件の真相を探る、という方向性では書かれていない。泉堂莉菜も、彼の殺人事件はいきすぎた取材が引き起こした諍《いさか》いの果てに起こったもので、不可解な点はないと判断したようだった。

今現在、伯父夫婦とその実子がどこに住んでいるかは『鈴木家殺人事件の真実』では明かされていなかった。さすがにプライバシーの問題があるので、そこまで望むのは無理かもしれない。しかし、私はそれでは困るのだ。

たまたま私の実家の近くに、伯父夫婦、もしくは実子が住んでいて、そこを訪れたTが私の姿を認めたとしたら。そして、それをきっかけに私をストーキングするようになったとしたら。

母方の伯父というから、姓は鈴木ではないだろう。顔も当然分からない。彼らがご近所に住んでいたとしても、それを知る術はいっさいないのだ。

この本に頼るのではなく、自分で調べろということだろうか。しかし私には泉堂莉菜のような、人の心をつかむ美貌も、強力なコネも、何もないのだ。

鈴木家殺人事件の一年後、鈴木家の近隣で発生した住宅火災。死者三名、亡くなったのは両親と子供。小学生の長女は、火災発生当時、祖母の家に泊まっていて無事。平凡な家族が、ある日突然、ほぼ全滅の憂き目にあった。ただ一人の生き残りを除いては。もちろん、鈴木家殺人事件のような犯罪事件とは性質が違うが、同じように一家がほぼ全滅した事件として、二つの事件をセットで覚えている近隣住人が少なくないという。

私は思った。

その火災で唯一生き残った、小学生の長女が泊まった祖母の家は、一体どこにあるのだろう？

12

私は泉堂莉菜に連絡を取る必要を感じた。前回と同じように、プライバシーや守秘義務の問題で教えてはくれないかもしれないが、手がかりは彼女しかないのだ。

名刺をもらったから連絡先は分かっていた。最初はメールを送ろうと思ったが、それだと一度断られたらそれまでだ。

泉堂莉菜の携帯に連絡することにした。だが、留守番電話になっていた。またしばらくしてかけ直します、とだけ言って電話を切った。向こうからかけてくることは期待できなかった。

夜にかけた四回目の電話で、ようやく彼女は電話に出た。

『どうしたんですか？』

明らかに困惑した口調で、彼女は言った。私の方こそストーカーだと思っているのかもしれない。

「夜分遅くに申し訳ありません。『鈴木家殺人事件の真実』についてお聞きしたいことがありまして」

『以前お会いした時もお話ししたと思いますが、本に書いてある以上のことはお伝えできないんですよ』

「それは分かるんです。でもお願いです。話だけでも聞いてください」

私は必死に彼女を説き伏せた。いつも、誰に対しても、愛想がいいであろう彼女も、さすがに迷惑そうだった。だが電話を向こうから切らないだけ、脈があると思いたい。

私は『鈴木家殺人事件の真実』の最後で説明された、鈴木家の近くで発生した火災の件について口にした。

『それが何か?』

「交換殺人と考えてるんじゃないですか?」

『はい?』

泉堂莉菜は、私の言葉の意味が分からない様子だった。構わずに、私は話を続けた。

「その火災、Tの放火によるものじゃないんですか? その家の長女が鈴木家の人間を殺してくれた代償として」

泉堂莉菜はしばらく黙って、やがて言った。

『いったい、西野さんは何を仰ってるんですか?』

「その火事が起こった時、長女一人だけが祖母の家に泊まりに行っていて助かりました。これは偶然ですか？　鈴木家殺人事件も長男が生き残りました」

『Tと長女がお互いに家族を殺したいと思っているから、家族を交換して殺したと？』

「違いますか？」

『違うも何も――そんなことは考えもしませんでした』

「じゃあ、何故そんな無関係な事件の描写を入れたんですか？」

『それを私の口から言えと？』

私は答えなかった。その沈黙を、彼女は肯定のサインと受け取ったようだった。

大きく溜め息を吐いて、彼女は言った。

『ノンフィクションといえども、著者の作品ですから。事件後に、その土地で起こった別の事件の描写を挿入することで、鈴木家殺人事件の衝撃がいつまでも人々の心の中に残って消えない様子を表現したんです――恥ずかしいから、著者本人にこんなこと言わせないでください』

「つまり、やはりその火事は鈴木家殺人事件と関連性があるということですね？」

泉堂莉菜はおもむろにこう言った。

『火事の原因は不明です。放火の可能性もあるかもしれない。ただ放火と断定すると、いらぬ誤解を与える可能性があるので、火災という穏便な表現をしたんです。まさかあの描写を読んだだけで、放火と決めつける人がいるとは思いませんでした』

「つまり関係があるんですね？」

『あると言えばあるだろうし、ないと言えばないでしょう。何しろ同じ土地で起きた事件ですから。でも、西野さんの思っているような意味ではないってことは確かです。あなたはやっぱり小説家ですね。想像力が豊かです』

泉堂莉菜はそう言った。まるでフィクションはノンフィクションより下だと言われているように、私には聞こえた——嘘の話ばかり書いているから、現実と妄想の区別がつかなくなるんだ、と。

もう何を言われようがどうでもいい。とにかく私が知りたいことは、たった一つだ。

「その長女についてお尋ねしたくて、お電話したんです」

『だからさっきから言っているように、何もお話しできません』

とうとう、愛想がいっさい消えた、冷たい声になった。

しかし私は諦めなかった。本当に話したくないのなら、向こうから電話を切るはずだ。

「プライバシーとか、そういう話ではないんです。ほんの単純なことなんです」

『何ですか？』

「その長女が、火事の日に泊まりに行っていた祖母の家、どこにあったんですか？」

泉堂莉菜は黙った。絶句したようにも思えた。核心をついたのだと、私は思った。

「住所等の詳細を知りたいわけじゃありません。住んでた土地がどこだか知りたいだけなんです」

何故、そんなことを知りたいのか——そう質問されると思った。だが、予想に反して彼女は何も訊かなかった。

ただ、単刀直入に、答えを告げた。

『蒲田です』

深い、諦観混じりの声のように感じた。私は礼を言って、電話を切った。そしてある確信を得た。

私の実家も、蒲田にあるのだ。

私の心にくすぶっていた、泉堂莉菜と白石唯が同一人物であるという推測は、今の電話でより信憑性を増したように思った。

何故、彼女は長女の祖母が蒲田に住んでいることを私に教えてくれたのだろう。口外しないという約束を破ったら、仕事を続けていくことができなくなる、とまで言っていたのに。

その程度の情報なら、プライバシーが保たれると判断したのだろうか。だが真実は大抵の場合、わずかな情報から導き出されることは、ジャーナリストの彼女が一番よく分かっているはずではないか。

私が真相に気づいたから、彼女が観念したのだ。そうとしか思えなかった。

そもそも、何故、彼女は『鈴木家殺人事件の真実』などという本を書いたのだろうか。彼女の専門は新村事件のはずだ。新村事件だけじゃ食べていけないだとか、もっともらしいことを言っていたけど、やはり違和感は残る。

新村事件は、共産主義者だった泉堂莉菜の祖父が、新村という警官を殺したとされる事件で、政治的な要素が強い。現に事件後、共産主義者への取り調べが強化されたことから、赤狩りを効率的に行うための陰謀だったという説を唱える者も多い。泉堂莉菜はほかの事件を取り扱うにせよ、やはり政府による左翼活動家の弾圧といったような、同じ種類の事件を選ぶのではないか。政治的な要素のない鈴木家殺人事件は、畑違いのような気がする。

何故、新村事件の次の題材として、鈴木家殺人事件を選んだのだろう。その事件に強い関心があったからとしか思えない。やはり、泉堂莉菜と白石唯は同一人物なのではないか。

もともとタケルが私をつけ狙い、私との接点を得るために亜美と交際した。その事実を知った泉堂莉菜が白石唯の名で、私と亜美に警告を発した——それが今現在、私が考えている一連の出来事の構図だ。

タケルが私を狙う理由は分からない。問題は、どこで私を知ったかだ。

放火事件で生き残った長女に教えられたのだ。タケルは多分、彼女とまだコンタクトをとっている。

うっすらと記憶に残っている。小学生時代、一日だけ友達になった女の子。もう彼女の名前も忘れてしまった。その子のことも、こんなことがなかったら一生思い出すことはなかったかもしれない。

でも、彼女は私のことを、西野冴子という名前も、ずっと忘れずに覚えていたとしたら。

そしてそれを、タケルに伝えたとしたら。

その女の子はもしかしたら。

13

『泉堂莉菜って人が、あなたが蒲田に住んでいた時、一日だけ会った友達なんじゃないの？』

と亜美は言った。

そう——その小学生時代の一日だけの友達のことを思い出した時、私も亜美と同じ結論に達したのだ。もしそうだしたら彼女が簡単に、私に放火事件の長女の祖母が住む街を教えたことも、諦観混じりに『蒲田です』と答えたことも、頷けるのだ。彼女は自分の正体を、私にずっと伝えたかった。私が気づくのを待っていたのだ。

しかし、よくよく考えると、それだとやはり不自然なのだ。

「泉堂莉菜は、新村事件の専門家と言ってもいいぐらいだわ。そんな彼女が、あえて鈴木家殺人事件を取り上げた。自分が犯した殺人を、取材して本を出す必然性があるの？　周囲の注目を浴びるだけじゃない。ましてや、必要のない放火事件の描写をわざわざ入れているのよ。交換殺人は、二つの事件に関連性があると思われたらおしまいよ。どうしてわざわざ本に書くの？」

『また、あなたの悪い癖が出たわね』

「な、何よ」

『二つの事件は、鈴木家殺人事件のTと、放火事件の長女が協力した交換殺人だった――それはあくまでも、冴子の推理に過ぎないでしょう？　証拠は何もないわ』

私は一瞬黙ったが、しかしすぐに亜美に反論した。

「あまりにも共通点がありすぎるわ。発生した場所も時期も近い。ほとんど皆殺しになったけど、同じ年頃の子供が一人だけ生き残った。後は――」

『後は？』

「後は――」

私は答えられなかった。

『交換殺人にした方が話が面白いって思ってるんじゃないの？　あなた話を作る仕事をしているから』

悔しいけど、そうかもしれない。男女がそれぞれ、お互いの家族を皆殺しにする。もしそれが事実だったら、正《まさ》しく殺人鬼のカップルだ。

私は普段から、事件や事故のニュースを見て、その背景を勝手に推測するのが趣味だった。それで、作品作りの参考にしていた。仮にその推測が間違っていたって、何の責任もとる必要はないのだ。想像するのは自由だ。

「でも、今回のことは、そんな面白半分じゃないわ。タケルが私をつけ狙ってるのは間違いない。あいつは私の従弟のバーベキューや、編集者との打ち合わせに顔を出した。読者の主婦からはタケルのことを相談する手紙が届いた。三人が仮にあなたと面識があって、あなたを通じてタケルのことを知ったのなら、そういうこともあるかもしれない。でも皆、あなたとはまったく面識のない人たちよ。こんな偶然があると思う？」

『うん――』

さすがに亜美も小さな声になった。私と接触するためにあなたと付き合ったのよ、と言っているようなものだったが、言わずにはいられなかった。

『言いたいことは分かったわ。鈴木家殺人事件と、その放火事件は交換殺人で、その放火で生き残った方が泉堂莉菜であり、白石唯という名前で私たちに警告してきたって図式なら、あなたは納得するのね』

「納得というか、それなら話が綺麗にまとまると思うのよ。でもさっきも言ったと思うけど、放火殺人の生き残りが泉堂莉菜って推理は無理がある。彼女は、新村事件の犯人と目される人物の孫よ。その両親、つまり犯人の息子夫婦が火事で死んだとなったら、新村事件を取り上げる際、必ず表に出てくるはず。火事の原因は、新村事件の加害者家族に対する嫌がらせの放火じゃないかって。でも、新村事件の経緯を調べてもそんな事実は一切出てこないの。ネットで調べた限りでも、息子夫婦は存命らしいわ」

『そうなんだ。じゃあ、まったくの別人なんだね。でも、じゃあ泉堂莉菜はどう絡んでくるのかな。私たちに警告したいってことは分かるんだけど――』

その答えは、朧《おぼろ》げながら分かっている。それは、美容部員も、ベリーショートの髪形も、偶然だということだ。鈴木家殺人事件を題材に選んだのもたまたまだ。現実はミステリのように、綺麗に伏線が回収されるとは限らない。

しかしそれを言ったら身も蓋もないので、黙っていた。

『――あ』

　その時、亜美が声を発した。

「何、どうしたの？」

『今思いついたんだけど、養子っていう可能性はないの？』

「養子？　誰が？」

『その放火事件の長女よ。彼女は孤児になったんでしょう？　施設に入るか、誰かが引き取って育てたかしたはずよ。その時、名前が変わったのかもしれない』

「確かに泉堂莉菜が養子だったら、養子に来る前のことは大っぴらにしていないかもね。でも、泉堂家は父親の冤罪を晴らすのに必死になっているのよ。養子なんてもらう余裕があるのかしら」

『そうねえ。確かに養子を斡旋するところも、おじいちゃんがそんな事件で捕まっている家庭、なかなか選ばないよね。うん、ちょっと思いついただけだから気にしないで』

　しかし私は、亜美との電話を終えた後も、泉堂莉菜養子説が頭の中から消えなかった。

　火事の直後は、親族の誰かが長女を引き取ったのだろう。しかし成人してから、自分の意思で泉堂家に養子に入ったとしたら。

　新村事件で死刑宣告を受けた泉堂莉菜の祖父は、既に獄中で病死している。だが名誉を回復するために、多くの活動家が無罪の証拠を探している。

もし、泉堂莉菜も最初から、そういう活動家の一人だったら。冤罪防止の運動に説得力を持たせるために、冤罪に苦しむ人間の孫という立場が必要だったとしたら。荒唐無稽《むけい》な想像とは思えない。世の中には運動のために、死刑囚と結婚する人間もいるのだ。

もし彼女が放火事件の長女なら、綺麗にパズルのピースがはまるような気がする。頭の中でタケルと泉堂莉菜を並べて見た。何だかお似合いのカップルのようにも思える。

タケルが茶髪で、ズボンからチェーンをぶら下げているのも、変装のつもりかもしれない。有名事件の生き残りで、前科がある。マスコミ等の絶好の餌食だろう。だから事件を起こす前とはあえて違う格好をしているのかもしれない。

もしかしたら、泉堂莉菜のベリーショートの髪形も——。

ネットで調べても、泉堂莉菜が養女だという情報は出てこなかった。

やはり彼女が、幼かったあの日、蒲田で出会った女の子だなんて、できすぎた話なのかもしれない。きっと鈴木家殺人事件を取り上げたことだって、彼女の言う通り、深い理由はなかったのだろう——私は、そう考えようとした。だが、泉堂莉菜養女説は、日に日に私の心の中で育っていった。

そもそも、放火事件にもTがかかわっているかもしれない、と私が考えたのは『鈴木家殺人事件の真実』のせいだった。

著者の泉堂莉菜は、鈴木家殺人事件だけではなく、あの放火事件も告発したがっている、私にはそうとしか思えなかった。だが新村事件や鈴木家殺人事件に比べれば、放火事件は圧倒的に地味だ。本にしても売り上げは望めない。だから『鈴木家殺人事件の真実』の末尾に、無理矢理入れ込んだのではないか。

真犯人へのメッセージとして。

何故？　それは放火事件の長女が彼女だからだ。

私と蒲田で、一日だけ出会った少女が、彼女だからだ。

私は本を出している。自分で言うのもなんだけど、有名人の部類に入るだろう。

泉堂莉菜は以前から、私が幼少期に蒲田で出会った一日だけの友達だと気づいていた。そして彼女はつい最近、T——タケルと出会う機会を得て、彼に私のことを話した。タケルは私に興味を持ち、つけ狙い始めた——そんな構図が浮かぶ。

だが、その構図を成立させるためには、莉菜が泉堂家の人間にならなければならない。養女になる他ないではないか。

私は泉堂莉菜に再度電話をした。しかし、一向に繋がる気配がなかった。それも、彼女に対する疑惑をいっそう深めた。

同業者というと少し違うかもしれないが、同じ文筆業だ。名刺交換だってした。あんな世渡りが上手そうな彼女が、同じ業界にいる私をここまで完全無視するとは考えられなかった。

やはり後ろめたいことがあるのではないか。自分のせいで、西野冴子がタケルにつけ狙われることになった、という罪悪感で堂々と出てこられないのだとしたら。だからこそ、私に本を送り、美容部員に化けて亜美の前に姿を現す、などという回りくどいことをした。

仮に彼女を待ち伏せて、面と向かって養女ですか？　などと訊いても、素直に本当のことを教えてくれるとは思えない。

私は編集者に連絡を入れた。彼は文句一つ言わず、資料集めや、取材の準備をしてくれる。最初は悪いと思ったが、それが自分の仕事だと言うので、今は遠慮なく甘えている。

「泉堂莉菜さんについて訊きたいことがあって」

『何です？　また会いたいと？』

「そうじゃないわよ。あの、変なこと訊くけど——」

『はい？』

私は少し言葉を濁したが、思い切って訊いてみた。

「彼女って養子なのかな？」

一時、編集者が黙った。何故そんなことを訊くんです？　とか、何故そう思うんです？

などと訊き返されると思った。あまりにも唐突な質問だったから。

でも、違った。

『ああ、そうみたいですね』

「本当に?」

私は思わず大きな声になった。

『聞いたことがあります。あくまでも噂ですけど、元々彼女の親が、何かの事件の犯人の疑いをかけられていたんだそうです。何の事件かは知りませんけど、多分、万引きとか、そういう小さな犯罪じゃないでしょうか。それで家族が悔しい思いをしたって。だから新村事件の容疑者の息子夫婦の養子になって、冤罪で苦しんでいる人を救おうと思ったんだと』

「冤罪なら、何でも良かったと?」

『多分、そうでしょうね。何しろ万引きと新村事件では、事件の重要性が段違いです。新村事件の冤罪を晴らせば、泉堂莉菜は今よりもっと世間の注目を浴びるでしょう。その暁に、自分が養子であることを世間に告白して、実の両親も冤罪で苦しんでいることをアピールするつもりだったんじゃないでしょうか。たとえ微罪であっても、冤罪の悔しさは一緒だと』

万引きなんかじゃない。

あの放火事件だ。もしかして、その火事で亡くなった家族の誰かが犯人だと決めつけられて、無理矢理捜査の幕を下ろされたのではないか。

可能性はいろいろ考えられる。たとえば火災保険詐欺を試みたが、思った以上に火の回りが早く逃げ遅れたとか。あるいは無理心中。何らかの理由で、両親は長女は殺すに忍びないと考え、蒲田の祖母の家に泊まらせた等。

そんなふうに家族を犯人扱いされたことを恨み、彼女は泉堂家の養子になり、ジャーナリストとして生きてゆく決意を固めた。

「でも、どうしてそれが今まで世間に知られていないのかしら」

『本人が公表していないからでしょう。実のお祖父ちゃんの冤罪を晴らすというと応援したくなるけど、とにかく冤罪事件にかかわりたいから養子になったってことが分かったら、やっぱり心証は違いますよ』

「それにしては、マスコミも騒いでないわよね」

『そりゃ、泉堂莉菜は僕ら出版業界の人間や、一部の事件マニアには有名ですけど、一般的な知名度があるとは言えないでしょう。ニュースにはなりませんよ。ましてや、同じ業界の仲間ですし。それに、冤罪を晴らすっていう行為は、国家権力と戦うことを良しとするマスコミと相性がいいですからね。泉堂莉菜を持ち上げこそすれ、批判はしないでしょう』

「分かった。ありがと」

そう言って、私は編集者との電話を切った。

亜美の言う通りだ。やはり泉堂莉菜は養女だった。

泉堂莉菜は放火事件の長女で、T——タケルと接点があり、白石唯の名前で、私に自分の著作『鈴木家殺人事件の真実』を送りつけた張本人なのかもしれない。

すべては状況証拠に過ぎない。しかし、こんな偶然はないだろう。

私は自分が何を望んでいるのかを考えた。もちろん、第一の目的は、私へのタケルの付きまといを止めさせることだ。あいつは私の従弟にも接触を試みている。これ以上放置しておくと、いろいろな人たちに迷惑がかかるかもしれない。

だが、今や私を突き動かすものは、それだけではなかった。

泉堂莉菜は、元から私のことを知っていたはず。それはもう間違いのないことなのだ。そうでなければ、何故、あんな、

『蒲田です』

などと、深い、諦観混じりの声を出すのだろう。

泉堂莉菜とタケルの間には、いったいどんな関係があるのだろう。何故、タケルは私をつけ狙うようになったのだろう。それを知りたかった。

この一連の出来事の背景には、鈴木家殺人事件、その近隣で起きた放火事件、もしかした

ら、新村事件にも連なる大きな闇があるのかもしれない。

私がそれを解明できたとしたら。

泉堂莉菜の向こうを張って、ノンフィクションを発表できたとしたら。もちろん私はフィクションの作家だ。しかし、フィクションの作家がノンフィクションを発表する例など、世の中には沢山ある。編集者もきっと反対しないだろう。

翌日、私はまた編集者に連絡をした。そして今回の出来事をノンフィクションにしたら、出版可能かと訊いた。

『それは面白そうですね。もちろん、内容如何《いかん》ですが、ノンフィクションだからうちの部署で出版できない、ということはないです』

「それで、悪いんだけど、また調べて欲しいことがあるのよ」

『なんですか？』

「鈴木家殺人事件の近くで起こった火事よ。プライバシーの問題があるからか『鈴木家殺人事件の真実』では、漠然としか書かれていないの。その火事の詳細を知りたいわ」

『詳細とは？』

「何でもいいわ。名前や家族構成、特に一人生き残った長女が、それからどうなったのか」

編集者は承知しました、と頼もしく答え、電話を切った。私は編集者の調査が終わるのを待った。

鈴木家殺人事件は有名な大事件だ。ネットを調べればいくらでも情報は手に入るし、関連書籍も多数出ている。だが、その放火事件との関連性を示唆したのは『鈴木家殺人事件の真実』だけだった。

当然、泉堂莉菜は放火事件の詳細を把握しているだろうが、連絡が取れないし、そうでなくとも取材の情報は教えてくれないだろう。

数日後、編集者から連絡が来た。もう二十年以上も前のことだし、世間で話題になっている事件でもないから、詳細を調べるのは難しい、とのことだった。生き残った長女がその後、どうなったのかも。

万策尽きたか——そう絶望的な気持ちになった。

しかし、編集者はたった一つだけ、有益な情報をくれた。それは放火事件で犠牲になった家の名前だった。当時小学生の長女以外全員焼け死んだのは、白石家だと言うのだ。

14

私は白石唯のことを考える。

私に『鈴木家殺人事件の真実』を送りつけ、美容部員としてデパートに潜り込んで、亜美に接触した女。

そして南城萌の知人。

彼女のことを初めて知った時、私はまだ泉堂莉菜と会っていなかった。だから、その白石唯の正体が泉堂莉菜かもしれないなんて、まったく思いもしなかった。

でも、今は。

私は、あの主婦の慌てふためいた様子を思い出した。お隣さんは、自殺したんです、私がとやかく言うことじゃなかったんです、などとわめいて、一方的に電話を切った。彼女はもしかして、白石唯の正体が泉堂莉菜だと気づいたのではないか。

最初にあの主婦が送ってきた手紙には、連絡先と住所が記載されていた。電話をしても前回の二の舞になるだけだろうし、マナーに反しているが、連絡しないでいきなり押しかけるしかない。たとえ会えなくても、近隣住民から話を聞けるだろう。

私は主婦の住むマンションに向かった。ところが予想もしない事態が、私を待っていた。

引っ越していたのだ。

私は見間違いではないかと、手紙の封筒に書かれていたマンションの部屋番号を何度も見返した。だが、やはり主婦が住んでいた部屋は、今は空き部屋になっていた。

代わりに、隣には表札がかかっていた。ここは南城萌が自殺した部屋だ。私はまるで部屋が逆転したかのような、奇妙な感覚を覚えた。

私はその部屋のインターホンを押した。しばらく待つと、寝起きなのだろうか、ジャージ姿の若い男が顔を出した。

「なに？」

男は私を胡散臭そうに見つめた。

「あの、お隣さんに用があって来たんですけど、ひょっとして引っ越されたんですか？」

私が言い終わるやいなや、

「あのクソババアか！」

と男が暴言を吐いたので、私はびっくりしてしまった。

「何かあったんですか？」

「何かあったんですかなんてもんじゃない。あんた、あのババアとどんな関係？」

あまり自分の身分を明かしたくなかったが、不信感を持たれたままでは話を聞き出せないと思い、名刺を渡し丁寧に自己紹介した。彼は私の名前を知らなかったが、作家だと言うとさすがに物珍しいものを見る目で見られた。

この部屋で、南城萌は自殺している。つまり、彼は事故物件に越してきたのだ。いちいちそれを指摘すると嫌がられると思ったので、言葉を選び選び話した。

「お隣さんが、こちらの部屋で、以前、その、亡くなった南城萌さんと親密にされていたので、その死について伺いたいことがあって、お隣さんと何度か話したことがあったんです」

「人が自殺した部屋に越してきたのはおかしいって？」

「いえ、そんなことは」

「俺、そんなこと気にしないから。家賃安いし」

なるほど、それが現在の主流の考え方なのかもしれない。

「でも、それでわざわざあなたが来たってことは、自殺じゃなかったって言うの？」

少し真剣な顔になって、彼は言った。前の住人が自殺したと分かって入居するなら心の準備もできるだろうが、後になって事故だ殺人だなどと言われたら、さすがにいい気持ちはしないだろう。

「いえ、南城さんの死因のことではないんです。南城さんがお付き合いしていた男性について、ちょっと知りたくて」

「へえー」

なんだ男女関係か、と言いたげな顔になった。一気に興味を失ったようだった。

「お隣さん、どうして引っ越したんですか？」

男性は、ふん、と鼻で笑った。

「俺のとこに、紫色の嫌がらせの手紙が来たんだよ。お前の部屋には南城萌の怨念が取り憑いているって」

『スミレ色の手紙』だ。

「その手紙、隣のババアが送って来たんだ。俺だけじゃないぜ。あっちこっちに送ってたんだ。あいつ、八つ当たりでそういう手紙をあちこちに送ってストレス解消してたんだと。それでこのマンションにいられなくなって、旦那ともども夜逃げみたいに引っ越したんだ」

あの主婦の姿を思い浮かべた。噂好きそうだったが、ごく普通の女性で、そういうことをするような人間には思えなかったが。

まさか、私に送ってきたあのファンレターも、嫌がらせのつもりだったのだろうか。

「どうして、それがばれたんでしょう？」

「前々から噂になってたんだと。あのババア、しょっちゅうポストに手紙を出しに行くって。それだけなら問題ないんだけど、紫色の手紙だろう？　ババアがその色の封筒をポストに入れるのを見た奴がいたんだって」

あの主婦がそんな色の便箋を使ったのは、『スミレ色の手紙』に影響されたからに違いない。それだけ私の愛読者ということなのだろうが、そのせいで足がついたとは皮肉な話だ。

「でもどうしてお宅に嫌がらせの手紙を送ったんでしょう？」

理由は何となく分かったが、一応訊いてみた。

「知らねー。でも多分、夜中に女連れ込んでうるさいって言われたけど、鬱陶しいから無視したんで、根に持たれたかも。ババア神経質なんだよ。あんな程度でさ」

その時、部屋の中から、

「ねえ、誰ー？」

という女の声が聞こえた。彼はそちらを振り返って、

「作家だってさ！　あのババアの話聞きたいって！」

と大きな声で言った。できるだけ作家の身分を明かしたくないのは、こんなふうに作家と一言で説明されて不快な気分になることが、多々あるからだ。私にも見せて！　などという勢いで奥から女がやって来たらたまらないと、その場を立ち去ろうとした。

でも、これだけは訊いておかなければならなかった。

私はタブレットを出して、彼にタケルと泉堂莉菜の写真を見せた。

「この二人をこのマンション付近で見かけたことはありませんか？」

答えは予想通りだった。私は礼を言って、彼の部屋の前から立ち去った。

彼がタケルを目撃したのはいいだろう。タケルがこのマンションに来たことは、分かって

いたのだから。

問題は、泉堂莉菜だ。

このマンションは、新村事件とも、鈴木家殺人事件とも何の関係もないのだ。にもかかわらず、どうして彼女がここに来るのだろう。Tことタケルが殺したとでもいうのだろうか？

私は推理小説を書くから知っている。殺人の死体を自殺に偽装するのは、あまりにも困難だ。一般人のタケルに為せるとは到底思えない。

それでも彼女がタケルを疑い、その足取りを追ってここに来るのはまだ分かる。じゃあ何故、堂々と泉堂莉菜の名前を出さずに、偽名を使ったのだろう。

白石唯という偽名を。

もう、泉堂莉菜に直接問いただすしかない。いつもなら編集者に頼むところだが、今はそれももどかしかった。

私は『鈴木家殺人事件の真実』の出版社に電話をして、泉堂莉菜の近況を訊いた。私だって出版業界では、それなりに名前を知られている。無下に扱うことはできないはずだ。

しかし泉堂莉菜は、昨日、海外に取材旅行に出掛けたばかりで、会うことはできないという。連絡を取ることはできなくはないが、明らかに面倒そうだったので、私は礼を言って電話を切った。

タイミング良く海外に出国したこと自体が、自分が白石唯だと言っているようなものだ。正体を見抜かれたことに気づいて、逃げたのだ。私はそう思った。

15

「どう思う？」

私は亜美に訊いた。

亜美は神妙な面もちで話を聞いていたが、小さくため息を吐いて、おもむろにこう言った。

「そもそも、最初に私が虎ノ門のバーにあいつを呼んだから、冴子に迷惑をかけたのね」

思い出す。外国人のボーカルとピアノのジャズ。優雅なドレスを着たウェイトレス。客も皆身なりがよく、高所得者なんだろうな、と想像させる。一面ガラス張りの窓からは、東京の美しい夜景が望める。初めてタケルと会った店。

「それは違うわ。あいつが私をつけ狙っていたとしたら、あのバーで会わなくたって、いずれどこかで会っていたはずだよ」

「そりゃ、そうかもしれないけど、でも、責任感じる」

そう言って、亜美は俯いた。

「今回のことが済んだら、今度こそ二人だけであそこに行こうよ」

「うん。無事に済んだらね――」

「縁起でもないこと言わないでよ。無事に済むわよ」

「そうだね」

　そう言って、亜美はにっこりと笑った。

　今夜は、私の部屋に亜美を呼んで飲み会だ。スーパーで買ったお酒ばかりだけど、安いし気兼ねをしなくていい。亜美がバドワという日本では珍しいフランスの炭酸水を、ボトルで何本か持ってきてくれたので、それでハイボールを作って飲んだ。最初は、やはりスーパーで買ったサラミやポテトチップスなどをつまみながら、年をとるとだんだんオジサン化してくるよね、だとか、最近抜け毛の掃除が大変、などとくだらない話をしていた。

　でも、やはり亜美と会うと、タケルの話は避けて通れない。

「もっと早く気づけばよかった。最初っから冴子が目当てだったって。だって異常よ。冴子の従弟にまでちょっかい出すなんて。私は親戚にそんなことされていないのに」

「うん――」

　私がタケルを無視できないでいる理由も、そこにあった。関係ない人に迷惑をかけたくないのはもちろんだが、わけの分からない男に付きまとわれていることを、親族などに知られたくはなかった。

「思ったんだけど、その泉堂莉菜って人。本当にタケルをどうにかしたいと思っているのなら、どうしてあなたと協力しないのかな。警告だけして、後はあなたまかせって、それってちょっと酷いと思うわ」

出版社のカフェテリアで会った彼女を思い出す。白石唯という偽名で暗躍していたのに、それをおくびにも出さず、何食わぬ顔で話をしていた。思い出すだけで、無性に腹立たしい。

「ねえ、冴子。あなた今回のこと取材して本にする気なんでしょう？」

「一応その計画でいるけど、どうなるか分からないわ」

「冴子はフィクションの作家でしょう？　ノンフィクションを上手く書けるの？」

「二足のわらじを履いてる作家は沢山いるわ。私だってノンフィクションは初めてだけど、フィクションみたいに話を考えなくていいから。そのぶん取材が大変だけど」

「それよ、それ！　私が言いたいのは」

「な、何よ」

まるで亜美は、巨悪を追及するジャーナリストのような口振りで言った。

「こんなこと言ったら、冴子怒るかもしれないけど、ノンフィクションに関しては泉堂莉菜の方がベテランなんでしょう？」

「そうよ。別に怒んないわよ。その通りなんだから」

「冴子が今回のことをノンフィクションとして発表する気だったら、当然向こうだって同じことを考えているはず。何せ向こうはそれが専門なんだから」

それは考えていなかった。いや、考えないようにしていたのかもしれない。

泉堂莉菜とノンフィクションで勝負したところで勝ち目はない。取材のノウハウや、人脈は、彼女の方が圧倒的に優れているのは分かり切っている。考えても仕方がない。だから私は他人は関係ないとマイペースを気取っていたのだ。

「でも彼女は新村事件に関しては、さんざんあちこちで文章を書いているわ。鈴木家殺人事件にしろ、彼女が新しい情報を手に入れた、という話は聞かない。今更書くことなんてないでしょう。その二つ以外に起こったことと言えば、南城萌が死んだことぐらいかしら」

後、従弟の妻が流産したことぐらいだが、そんなことをいちいち言う必要はないと思って、黙っていた。

「それだけじゃあ、ノンフィクションの題材にならないでしょう」

「冴子——あなた忘れてるわ。今回のことで新しい情報というか、新しい要素は一つあるじゃない」

「何？」

「あなたよ」

「私？」

亜美は頷いた。

「何で彼女が、わざわざ偽名であなたに本を送ったと思う？　あなたに事件への関心を抱かせるためじゃないの。ひょっとしたら、私たちにタケルをけしかけたのも彼女かも」

「どうして、何でそんなことをするの？」

「決まってるじゃない。ノンフィクションを面白くするためよ」

私は絶句した。

「ノンフィクションはフィクションと違って、事実しか書いちゃいけないんでしょう？　なら事実の方を面白くすればいい。ヤラセなんかじゃないわ。だって、あなたは自分の意思で動いてるんだから。私もそうだし、もしかしたらタケルだって」

私は言葉を失ったままだったが、それでも何か言わなければと必死で絞り出したのは、

「そんなこと、考えたこともなかった」

というあまりにも無力な台詞だった。

「彼女、私たちがタケルに殺されればいいと思っているのかも。私はともかくあなたが殺されたら大騒ぎになるわ。そうなった場合、一番得をするのは、間違いなく泉堂莉菜よ。何し

ろ、あなたとタケルの件で会っているんだから。情報はどのマスコミよりも持っている。もしかしたら、もう原稿を書き始めているのかも」

今回のことは、間違いなく亜美から始まったのだ。彼女がタケルにナンパされたから。しかし、タケルが去って、彼女は客観的な第三者になった。だからこそ、私と違って冷静に物事を考えられるのかもしれない。

「泉堂莉菜は、家族が犯人扱いされたことをきっかけに、同じように冤罪に苦しんでいる新村事件の関係者の養子になったと、冴子は思っているんでしょう？」

「それはまだ分からないわ。あくまでも推測」

「本当にそうなのかな」

「何か考えがあるの？」

「だってそれだと、あまりにも健気じゃない。相手は白石唯って女に化けて、私たちを挑発するような人間よ。イメージが違うわ」

「じゃあ、どういうこと？　やっぱり彼女が交換殺人の犯人だったって言うの？」

「それはないかも。たぶん、あいつは出世欲が強い女よ。そんな大事件の犯人だったら、社会的におしまいでしょう。冴子の言う通り、わざわざ自分の犯した事件を取り上げて、世間の注目を引くようなことはしないと思う」

「じゃあ――」

「私にも分からないわ。ただ、家族の敵討ちだとか、正義だとか、そんな感情で動いているような女じゃない気がする。たとえば、鈴木家殺人事件も、放火事件も、自分は手を汚さず、誰かを操ってやらせたとか。あくまでも自分にはいっさい司法の手が及ばないやり方で。そしてそれを取材して、本を書いて、自分は名声と印税を手に入れる」

「今回と同じようなことを、彼女は子供の頃から計画していたって言うの？」

「大人になってジャーナリストになることまで計画していたかどうかは分からないけど、子供の頃からそうやって他人を操る素質はあったんじゃないかな。だから結果的にジャーナリストという職業を選んだ」

「でも、そんな――」

俄《にわか》には信じられなかった。でも、泉堂莉菜と会った時、私が抱いた第一印象と、今の亜美の話が見事に一致しているように思えたのも事実だった。

他人の心を操ることに優れた、世渡り上手な、美貌のジャーナリスト。

「ジャーナリストっていうと聞こえはいいけど、他人の不幸を探して、それでお金を稼いでる人たちでしょう？　皆多かれ少なかれ特ダネを狙っている。なら、自分から事件が起きるように持っていく人が現れても不思議じゃないわ」

かない。

「そうだね——」

私は何もかもすべて、自分の頭の中だけで話を作っているから、そういう感覚は想像もつかない。

「怖いわ」

亜美がまるで、自分で自分を抱くような仕草を見せて、言った。

「タケルが私を狙っているのかもしれない。私を殺しに来るのかもしれない」

亜美と短い間だが付き合っていたのだ。亜美の家も、行動パターンも把握しているはずだ。これ以上狙いやすい相手はいない。

今回のことが起こって、私は自分が何故タケルに狙われたのか、頭を悩ませた。でも、そうではなく、私を狙っていたのは泉堂莉菜かもしれない。私たちは幼い頃、蒲田で一日だけ出会った。でも私は彼女を、今の今まで忘れていたのだ。その罰に私をタケルの犠牲者に選んだとしたら——。

でも、もし、あの時蒲田で出会っていなくても、やはり私が選ばれていたのかもしれない。亜美に指摘されるまで、泉堂莉菜にいいように操られていた可能性を、考えもしなかったのだから。そんな私の愚かさを、彼女ほどの女なら容易く見抜くことができただろう。

「どうしよう」

と亜美が私に言った。その弱々しい声は、やはり私が彼女を守ってやらなければ、と思わせるに足るものだった。

亜美の今の推理は、もちろん細かいところは分からないが、概《おおむ》ね正しいだろう。ノンフィクションを書くような作家は、大なり小なり、そういう性質があるのではないか。

もう誰にも騙されない、私はそう心に誓った。

「警察に言っても相手にされないでしょうね。まだ何も起こってないし、私たちの妄想だと決めつけられるに違いないわ」

「でも、冴子は有名な作家でしょう？」

「誰もが知っているわけではないし、そうであっても、えこひいきはしてくれないでしょう。仮に信じてくれたとしても、たまに家の周りをパトロールするぐらいが関の山よ。どうしようもないでしょうね」

私たちはしばらく黙った。

「泉堂莉菜は、今会えないんでしょう？」

おもむろに亜美は言った。

「海外に行ってるからね」

「海外かあ」

亜美は、私も行きたいなあ、などと言い出しそうな羨望の声で言った。

「タケルはどうしてるのかしら」

「それはまったく分からないわ」

「居場所が分かれば、どういうつもりって問い詰めることもできるんだけどね」

「うん――」

私は『鈴木家殺人事件の真実』に描かれた、Tのその後の人生を思い出した。日野に住む、母方の伯父夫婦に引き取られるが、そこで付きまとったマスコミ関係者を刺殺し、少年院に入った。伯父夫婦の居場所を突き止めて話を聞けば、何かタケルの手がかりを得られるかもしれない。

私はその考えを、亜美に告げた。だが、彼女はいい顔をしなかった。

「自分からあんな奴に会いに行くなんて、止めてよ。それこそ泉堂莉菜の思う壺じゃないの？　もしかしたら、冴子にそういう行動を取らせるために、あんな本を書いたのかも」

私は思わず笑った。

「そんなことのために、本を出版する人間はいないでしょう。本一冊作るために、いろんな人間がかかわるんだから。いくら著者といっても好き勝手にはできないわ。自費出版だったら、また話は別だけど」

「だけど、彼女が白石唯の名前で、あなたにあの本を送って来たのは事実でしょう？」

「うん――」

亜美は言った。

「お願い。もう忘れようよ。タケルも、あれからあなたに近づいてないんでしょう？　元はといえば私が悪いのよ。あんな男に引っかかったりしたから。私のせいで、もしもあなたに何かがあったら、私、あなたのご両親や、あなたのファンに顔向けできない」

今にも泣きださんばかりの勢いで、亜美は言った。

亜美と別れた後、私は再度、編集者に連絡をした。そして『鈴木家殺人事件の真実』に描かれたTを引き取った母方の伯父夫婦の現住所を調べられないかと訊いた。さすがにそれは難しいです、などと拒否されると思ったが、意外にも編集者は承諾した。

「調べられるの？」

「多分、インターネットなら簡単に調べられると思います」

それなら編集者を煩わせることもないかと思ったが、編集者に資料集めを頼むのは、執筆が無事に進行しているという報告でもあるので、遠慮なく頼むことにした。

私は彼の名を呼んで、言った。

「いつも、ありがとう」

　もちろん、お礼を言ったのは初めてではないが、どこか心の中では資料を集めてもらうのが当たり前、という気持ちがあって、おざなりなお礼になっていたことは否めない。でも今は違った。

　私の声の調子がいつもと違うことに気づいたのか、編集者は不審そうな声になった。だがあれこれ訊かれたくはなかったので、私は早急に電話を切った。

　泉堂莉菜が、タケルに私を襲わせて、それをノンフィクションにしようと画策している、というのはあくまでも亜美の推理だ。何の証拠もない。しかし、実際タケルに付きまとわれ、泉堂莉菜と面識のある私には、根拠のない推測とは思えなかった。

　のし上がってゆく人間は、そういうことも平気でするのではないか。私はそういうことができないから、この程度の立場にとどまっているのではないか——そんな、ろくでもない嫉妬の気持ちを、編集者に悟られそうで怖かったのだ。

　とにかく、いても立ってもいられなかった。泉堂莉菜がそういうことを仕掛けてくるなら、私も自分から動かなければ。たとえじっとしていたって、タケルに狙われているのは同じなのだ。

　後日、編集者から返事が来た。日野から引っ越した母方の伯父夫婦は、今どこに暮らしているのか確認できなかったという。ただし事件以来姿を消した、母方の伯父夫婦の実の息子の居場所は分かった。彼は日野に戻って実家近くのアパートで一人暮らしをしているらしい。

16

『やはり、殺人を犯したTの義理の兄が、街に戻ってきたと噂をしている人はいるようですよ。本人もそれは分かっているはずです。ただ彼は親の世代と違って、若いですから。そういうスキャンダルを気にする傾向は、やや薄いかもしれませんね。何回かアパートを借りようとして断られたとは聞きましたが、犯人の家族に罪はないと、心ある大家が部屋を貸してくれたといいます。もしかして住まいを親に突き止められたから、あえて日野に戻ってきたのかもしれませんね。そこは両親は絶対に足を踏み入れない場所だから』

そんな電話での編集者の説明を思い出しながら、私は中央線に揺られていた。

彼は、私がTの家族に取材をすると分かっていながら、引き止める気配を微塵も見せなかった。危険な取材をしてでも、傑作をものにして欲しいのだろう。まさか、私もTに殺されればいい、と思っているのだろうか。ノンフィクションの計画が頓挫《とんざ》しても、話題になって既刊本が売れるから、十分おつりが来るという計算か。

私は苦笑した。考えすぎだ。あんなに一生懸命に情報を集めてくれる編集者をそんなふうに思うなんて、彼に対して失礼だ。

一応、亜美にも、今日、Tの義兄に会うと言った。彼女からは泣いて止められた。それほど私のことを考えてくれているのだと思うと、こちらも涙が出てきた。

『明日、あなたに電話するわ。もし電話がなかったら、編集部に連絡して。私の名前を出せば話は通じると思うから』

自分で言いながら、まるで小説の登場人物の台詞だな、と苦笑した。だが多分、事件や事故で亡くなる人間は、まさか自分がこんなことで死ぬとは露ほどにも思っていないはずなのだ。あらゆることを想定しておいて、悪いことはない。

日野駅で、タクシーを拾って編集者に教えられた住所に向かった。電話番号までは分からなかったから、約束はとりつけていない。一応、104の番号案内で調べてみたが不明だった。あれは、電話帳に載っている住所しか調べられないのだ。

こうして犯罪加害者の家族の住所がインターネットで晒《さら》される時代だ。電話番号を電話帳になど載せたら、どれほど悪戯《いたずら》電話が来るのだろう。今は携帯電話さえあれば、固定電話はなくとも困らない。電話機を導入していない可能性だってある。

Tの義兄が日野に住んでいるとは『鈴木家殺人事件の真実』にも書かれていなかった。あの本の出版以後に引っ越してきたのか、それともプライバシーを考慮して、あえて書かなかったのか。

何となく前者だな、と思った。あの自尊心の高いであろう泉堂莉菜のことだ。プライバシーの問題で書くことが不可能だったとしても、義兄の居場所は把握しているがあえて書かない云々、などと一言付け加えるに違いない。

『私たちと一緒に暮らしていると、出所したTがやってくるかもしれない。だから離れて暮らすことにしたんだと思います』

Tの伯父夫婦の言葉を思い出す。Tを恐れているのなら、どうして今更日野に戻ってくるのだろう。もしかしたら、Tとコンタクトを取らなければならない、何らかの事情が生じたのだろうか。

アパートにはすぐについた。私は、偏見かもしれないが、Tの家族が人目を忍んで暮らしているのだから、築数十年は経っている年季の入ったアパートなんだろうな、と想像していた。そこまで酷くはなかったが、やはり家賃はそう高くないだろうな、と想像させる佇まいだった。

電話番号が分からないなら、手紙を送るという選択肢もあった。ただ無視される可能性もあるだろうし、そうでなくとも手紙のやりとりは時間がかかる。

小松長治というのが、彼の名前だった。Tを引き取ったのは、彼の母方の伯父なので、当然、姓は鈴木ではなかった。

辺りは夕焼け色に染まっている。日中は仕事をしているはずだから、この時間帯を選んだのだ。だがさすがにまだ早いと思い、いないことが確認できたら、辺りを散策しようと考えた。できれば、周辺の住人に話を聞きたかったが、不審がられるのもよくない。泉堂莉菜はどんなふうに取材をしているのだろう。彼女の美貌や、コミュニケーション力の高さが、今はとても羨ましい。

だが、予想に反して、小松長治は、部屋にいた。身分を明かし、用件を言うと、彼は不信感を露わにこう言った。

『帰ってもらえませんか。取材の方はいっさいお断りしているんで』

「あの、タケルさんの現在の居場所を知りたいだけなんです。本に書こうとするつもりはいっさいありませんから」

嘘をついているようで、心が痛かったが、仮にこの一連の出来事をノンフィクションとして発表することになっても、彼とのやりとりを描かなければいいだけだ、と自分に言い聞かせた。

突然、ドアが開け放たれ、小松長治が顔を出した。髪は黒く、まともな格好だったけど、やはりタケルと似ている、と私は思った。タケルは養子でも、彼と血の繋がりはあるのだ。

「ちょっと、中に入ってもらえますか？」

と彼は私に言った。有無を言わせぬ口調だった。部屋の中でなければ話はできないらしい。正直、ためらいはあったが、ここまできて後には引けない。

亜美に、私が電話しなかったら、そのことを編集者に伝えて、と言っておいて良かった。しかしもちろん、危害を加えられても良い、という話でもない。私は大声を出す覚悟を決めながら、室内に足を踏みいれた。安普請のアパートだ。大きな声を出せば薄い壁を突き抜けて、隣の住人に聞こえるはず。

「このアパートには、他の住人の迷惑にならないという約束で住まわせてもらってるんです。騒ぎを起こしたくないんで」

いくら大家が、犯罪加害者の家族に同情的でも、他の住民はどうだか分からない。彼は他人の目を人一倍気にしているのだろう。

「散らかってるけど、仕方ないでしょう。だって突然来るもんだから」

そう彼は、どこか言い訳するように言った。

私はそれとなく室内を見回した。言うほど散らかっていないと思ったが、モノが少ないから散らかりようがない、といったふうだった。節約が趣味でないのなら、無駄遣いができる収入ではない、といったところか。

名刺を渡して、改めて自己紹介した。彼は何の関心もなさそうに、私の名刺を見つめていた。西野冴子という作家の名前を、恐らく彼は知らないのだろう。

「あなたみたいな人がもう来ないと思ったから、日野に戻ってきたんですけどね」

自分は一生、マスコミに追いかけ回されるのか、と絶望したかのような口調だった。

「最近は、もう――？」

「何年か前に取材を受けたけど、突然家にやって来られたのは、事件の時以来だ」

確かに、鈴木家殺人事件の生き残りが、人を殺して少年院に入った、という事件はそれなりに興味深いものだろう。しかしあくまでも鈴木家殺人事件から派生したものに過ぎず、いつまでも家族を追い続けるようなものではないのかもしれない。

「来てもらって悪いけど、義弟のことは何もしゃべりませんよ。部屋に入ってもらったのは人目が気になるからで、取材を受けるからじゃない。家族を売ることはできない」

「そうですか――」

彼のそういう反応は予想していたが、やはり落胆は隠せなかった。ただし、後に犯罪者になってしまった義弟のことを、彼がはっきりと家族と言ったのは心に残った。彼がTのことをまだ気にかけていることが分かっただけでも、収穫だったかもしれない。

「義弟さんから、連絡が来ることはないんですか？」

それでも、私はどんな些細な情報でも欲しいと食い下がった。

「連絡？　山ほど来ますよ」

「本当ですか？」

待ってください、と小松は言って、隣の部屋に消えていった。しばらくすると戻ってきて、私の目の前に十枚ほどのハガキや封筒を置いた。何だ、ちゃんと義理の弟と連絡を取り合っているではないかと、私は驚いた。

「拝見してもいいですか？」

「どうぞ」

私は手紙の一通一通を見ていった。そしてすぐに落胆した。

どれもこれも嫌がらせの手紙ばかりだったのだ。

「酷いですね」

「ここに越してくる前のも含めると、その数倍はあるかな。それも、義弟になりすまして送って来たものに限った話だけど」

お兄さんを殺しに行くだとか、鈴木家殺人事件の真犯人はやっぱり僕ですとか、不穏かつ、でたらめな言葉が並んでいる。こんなものを頻繁に受け取っていたら、取材なんてお断りだ、などという気持ちにもなるだろう。

「警察にご相談されたんですか？」

小松は鼻で笑った。

「相手にしてもらえるわけがないだろ」

「でも、殺しに行くっていうのは、さすがに警察も動かざるをえないと思いますけど」

「じゃあ、あなたは、このハガキを書いた奴が、本当に俺を殺しに来るとでも？」

私は黙った。可能性は薄いかもしれないが、しかしゼロではない。彼が自分で判断することで、私が口を出す問題ではなかった。

会話に窮したこともあり、私は嫌がらせの手紙を一枚一枚見ていった。差出人の名前がないものばかりだ。Tが罪を犯したのは未成年の時だから、実名報道はされていない。世間の人々がTの実名を知らないから、名前の書きようがなかったのだろう。

その時、私は一通の封筒に入った手紙を手に取った。他の手紙は、どうせ嫌がらせで送るのだからと、品がなく、雑然とした印象を受けたが、その手紙だけは他とは違ったもののように思えたのだ。

私はワープロ書きのその手紙を何気なく読んだ。そしてある文章が、いきなり目に飛び込んできた。

『――虎ノ門のバーで作家と名乗る人物――』

私は心の動揺をできるだけ顔に出さないように、その手紙を封筒に元通りしまった。封筒の裏には、ちゃんと住所も書かれている。差出人はスズキタケルとあった。何故、カタカナなのか分からないが、小松はこの手紙が本当に義弟から送られてきたものとは思わないのだろうか。実名報道がされていないのに、ちゃんと本名で送られてきているのだ。

「この手紙、お貸しいただけませんでしょうか？」

「そんなもん、何するの？」

「住所が記載されているものもあるようですし、調べれば何か分かるかも。義弟さんのことを知っている人間が書いたと考えられますし。後で必ずお返ししますから」

「返してもらわなくてもいいよ、そんなもん。勝手にそっちで処分してくれ。しかし、物好きな人だな。そんな住所でたらめに決まっているのに」

私は、ありがとうございます、と言って、手紙をすべて鞄に納めた。もちろん、目当ては虎ノ門のバーのことについて書かれた手紙だ。虎ノ門のバーで作家と会ったなんて、本人でなければ決して分からないはずだ。小松が悪戯だと思っているのなら好都合だ。本当に義弟から来たものだと分かったら、手紙を返してくれと言われるかもしれない。

虎ノ門のバーで撮ったタケルの写真を保存したタブレットも持っていたが、見せるのはためらわれた。自分の弟と同一人物である、と認めるにせよ、認めないにせよ、どういう経緯で撮ったものか話さなければならないだろう。下手をしたら、手紙を返してくれと言われかねない。

「この手紙をお返しする時、また伺ってもいいでしょうか」

「だから捨ててくれって言ってるだろ」

「でも、一応調べてみて、何もなかったら何もないとお伝えした方がいいと思いまして」

小松は渋い顔をしていたが、

「じゃあメールで連絡して。とにかく今日みたいに突然来るのは止めてくれ」

とメールアドレスを教えてくれた。

「どうして、こちらに戻ってこられたんですか？　このような手紙を受け取る可能性は、地元だけに高いように思うんですが」

するとと小松は黙った。

私も黙っていると、しばらくして、

「一言で言い表せるような、単純なものじゃないんだ」

と言った。

私はその言葉に、彼の後ろめたさを感じた。次に会った時に詳しい話を聞けるかもしれない。とにかく今日は、これで引き揚げることにした。これ以上執拗《しつよう》に迫って態度を硬化させたくはない。

私は彼に何度も頭を下げ、部屋を後にした。わずかな滞在だったが、収穫はあった。

家に帰るのももどかしく、私は日野駅前のファストフード店に入り、コーヒーを飲みながら、タケルからの手紙を読んだ。

『お兄さん。お元気ですか。僕は元気です。最近、虎ノ門のバーで作家と名乗る人物と会いましたが、こちらの名前を言っても僕だと気づかれませんでした。もう鈴木家殺人事件のことも、あいつを殺してしまったことも、みんな忘れていると思います。だから、大丈夫です』

まるで小学生が書いたかのような、つたない文章だった。だからこそ、本当にあのタケルが書いたのではないか、と疑う。小松は、嫌がらせの手紙を受け取りすぎて、本物を見逃してしまったのだ。

疑問は残る。タケルは義理の兄に、何故こんな手紙を送ったのだろう。『だから、大丈夫です』とは一体、どういう意味だろう。小松も、タケルが起こしたであろう事件にかかわっているのだろうか。

住所を見ると、代々木とあった。間違いない、見つけた。そう私は思った。

17

翌日約束通り、私は亜美に電話をした。間髪を容れず、といった勢いで彼女は電話に出た。

『冴子！』

その大袈裟な声に、私は思わず笑ってしまった。

『よかった。無事だったんだね？　生きてるんだね？』

「オーバーね」

『だって、あんなことを言うんだもの！』

電話しなかったら、編集者に連絡して、というあれだ。確かに、何もなかったから亜美の態度を笑っているけど、私も小松の部屋のドアを叩くまでは、亜美と同じ心境だったのだ。

「住所が分かったから、これからタケルのところに行こうと思う」

『これから？』

行く前に会って話を聞きたいと言うので、新宿駅のコンコースにある喫茶店で亜美と待ち合わせをした。亜美は先に店にいた。近づいてくる私に気づくと、待ちきれないように席から立って私を迎えてくれた。私のことを心配してくれているんだ、と思うと嬉しかった。

私は小松と会った時の一連の出来事を亜美に説明し、彼から受け取った手紙を見せた。

「どう、タケルからの手紙っぽい？」

「――分からないわ。あいつにしては丁寧な言葉遣いのような気がするけど。お義兄さんに送る手紙だからかな」

　亜美は煮え切らない返事だった。

「どうしてパソコンで打ったんだろう。ボールペンで書きなぐった方が、あいつらしいと思うんだけど」

「字が下手だからじゃないの？　とにかく、デタラメな住所じゃなさそうよ。ネットで調べたから確か。今から行くつもり。あなたは？」

「止めて！」

　そう亜美は叫んだ。

「もういいよ。ここまでやってくれたら十分だよ。人殺しかもしれないんでしょう？　そんな奴の家に、あなたを行かせたくないよ」

「怖いの？」

「私たちがすることじゃないわ。後は警察に任せましょう」

　亜美は頷いた。

「あいつはまだ何にもしていない。警察は何もしてくれないわ」

「それはそうかもしれないけどさぁ――。ねえ、あいつまた、あなたの親戚や家族にちょっかい出したの？」

「今のところそんな様子はないわ。でもあいつがずっと大人しくしてるって保証はない」

暫く亜美は無言だった。やがてその目に、段々と涙が溜まってゆく。

「亜美——」

「私のせいで、あなたに何かあったら、私もう生きていけない」

確かに、日野までタケルの義理の兄に会いに行った時と比べると、今回の方が本番といっていい。電話しなかったら編集者に連絡云々は、今回使うべき言葉だったかもしれない。

「大丈夫よ」

そう私は言った。

「タケルが本当に鈴木家連続殺人事件や放火事件にかかわっていると決まったわけじゃない。殺人で少年院に入ったことは事実だけど。それだってケンカの延長線上で、しかも社会復帰している。会うだけで危険ってことにはならないでしょう」

亜美を落ち着かせるために、心にもないことを言った。

「私は嫌よ。あんな奴にかかわるのなんて。だって人殺しなんでしょう？　あいつ、ずっとそれを私に隠してた！」

激情する亜美を、前科があるからといって差別するのはいけない、などと言い諭すことはできなかった。差別はいけないってことは、皆分かっているのだ。当の亜美にだって。

これは差別の問題じゃない。タケルの過去も、この際、関係ない。重要なのは、タケルが私に付きまとったというその事実だ。

ちゃんと会って確かめなければならない。私に付きまとう理由を。そして、泉堂莉菜がどんなふうに、この件に絡んでいるのかを。

「亜美。あなたは確かにタケルと付き合っていた。でもこれは私の問題なの。あいつ、私の従弟に会っていたんだから。もしかしたら、私の親友だから、亜美とも付き合っていたのかもしれない——ごめんなさいね。こんなこと言って」

「ううん。いいのよ。だってその通りだと思うから」

「ちゃんと訊いてくるから、あなたの分まで。どういうつもりで、あなたと付き合っていたのかを」

「冴子——」

泣きながら亜美は私の名前を呼んだ。

「大丈夫だよ」

私は言った。

「これですべて上手くいくから」

私は、亜美を宥めながら、店を出た。亜美は泣いたので、崩れたメイクを直すといって駅のトイレに入っていった。私はその後ろ姿を見送ってから、代々木に向かうために山手線に乗った。

代々木駅から商店街を抜け、少し歩いた場所にあるマンションに彼は住んでいた。

義理の兄の小松は、日野駅からタクシーを使わなければならない場所にあるアパートに住んでいた。暮らしぶりも同世代と比べて、所得が高いという印象は受けない。それなのに諸悪の根源のタケルは、義兄よりも明らかにいい物件に住んでいる。偉そうに人の生活をあれこれ言う立場ではないが、それでも理不尽な気持ちは抑えられなかった。

手紙の住所はデタラメという可能性もあったが、こうして現地に来てみると、ちゃんと住所通りの場所にマンションは建っていた。エントランスの郵便受けに私は『鈴木健』の名前を見つけた。最近では郵便受けに名前のないマンションは多いというが、ここはそうではなかった。遂にタケルと対決するのだ、という意識を強くする。

養子になったのに、小松姓ではないのだな、と私は思った。向こうの家族に迷惑をかけたくない等の理由で、今は鈴木姓を名乗っているのかもしれない。

私は、覚悟を決めてエントランスのインターホンを押した。だが、暫く待っても何の応答もなかった。留守なのだろうか。

平日の昼間だからいないのが当然かもしれない。小松とは簡単に会えたこと、タケルは定職についているようには見えなかったことから、いきなり行っても簡単に会えると思い込んでしまった。

このマンションの住民らしい女性が、エントランスに現れた。彼女は私を頭の先から爪先まで睨《ね》めまわしてから、暗証番号を入力して、ドアを開けて足早に中に入っていった。まるで私を入らせまいとするかのような態度だった。

彼女の後について中に入ろうという考えがなかったわけでもないので、もしかしたら考えが顔に出てしまったのかもしれない。もっとも中に入っても本人がいないのだから、近隣住人に話を聞くぐらいのことしかできないが。

どうしようかとエントランスをうろうろしている間にも、住人たちがやって来て、一様に、皆私をまるで不審者であるかのような目で見てから、マンションの中に入っていった。

いたたまれず、私は一度マンションから出た。もしかしたらちょっと外出しているだけで、すぐに帰ってくるかもしれないが、日野に比べれば来やすい場所だし、出直そうかと考えた。

その時、マンションの斜向《はすむ》かいにある喫茶店が目に入った。商店街から少し離れた、まるで住宅街に溶け込むような店だったので、気づかなかったのだ。あそこなら、マンションの前を見張れるかもしれない。

店に入ると、タイミング良く窓側の席が空いていたので、そこに座った。予想通り、マンションの正面が見渡せる。

　注文を取りに来たウェイトレスに、

「ここのお店、あのマンションに住んでいる人も来るんですか」

　と訊いた。

「ええ、まあ」

　と何でそんなことを訊くんだ、と言いたげな顔で、ウェイトレスが言った。

「茶髪で、いつもズボンにチェーンをぶら下げている人、来ません？」

「さあ、ちょっと分からないです」

　そんなことより早く注文してよ、という態度を露わに、私の質問を真剣にとらえていない様子だった。

　私はブレンドを頼んで粘った。ちょっとでも目を離して、タケルの帰りを見逃すことはできなかった。一時間ほど経ったので、コーヒーのお代わりを頼んで、更に粘った。

　ふと、気配のようなものに気づいて、一瞬窓から視線を逸らしてそちらを向くと、慌てた様子でウェイトレスが私から顔を背けた。どうやら、ずっと私の様子をうかがっていたようだ。

　それで私も我に返った。刑事や探偵でもあるまいし、二時間近くも張り込みしているなんて、どうかしている。こうやって待っていたって、本人が現れる保証はないのだ。

その時だ。

マンションから、ショートカットの女性が出てきて、駅の方に向かって歩いていくのが見えた。

一瞬のことで、顔は見えなかった。もしかしてあれは——泉堂莉菜？

私は慌てて、テーブルにコーヒー二杯分の料金を置いて、店を飛び出した。

「泉堂さん！」

私は叫んだ。通行人が皆ぎょっとしたように私を見る。しかしショートカットの女性は、こちらを振り向きもせず、すたすたと前を歩いてゆく。

「待って！」

その声も、駅に向かうにつれて多くなってゆく人通りに紛れて、向こうには届かないようだった。

いや、聞こえているはずだ。彼女には、この私の声が。

あれは泉堂莉菜だ。

彼女はタケルと接点があった。これではっきりした。やはり彼女は、私と亜美を挑発し、タケルの生け贄《にえ》にしようとしているのだ。自分の本を書くために。

タケルとは会えなくても、この件に泉堂莉菜が絡んでいるという確信が持てた。早く亜美にも伝えないと！

しかし翌日、亜美の携帯電話を鳴らしても、彼女は電話に出なかった。その次の日も、その次の次の日も。

次の日も、次の日も。

18

『お友達と連絡が取れない？』

編集者の言葉に私は頷いた。

「タケルが住むマンションに、あの泉堂莉菜が来たわ。やっぱり彼女が絡んでたのよ。亜美は今回のことで凄く怯えてたわ。もしかして、あの時、タケル、亜美のところにいたのかも。だからマンションにいなかった」

『泉堂莉菜は、西野さんの話を聞いて、心配になってタケルの元を訪れたのかもしれない』

「だって彼女、今、海外に取材旅行に行ってるんでしょう？　どうして代々木にいるの？　きっと取材旅行っていうのは嘘だったのよ」

編集者は一瞬黙って、こう言った。

『普通だったら、街で似ている人を見かけても、本人は海外にいるんだから他人の空似だ、って思うもんですよ』

「違う！　そんなんじゃない」

『でも、髪形が似てただけでしょう？』

「だって、私、大きな声で名前を呼んだのに、彼女、振り向きもしなかったのよ。他の通行人は皆、何だろうってこっちを見たのに。間違いないわ。彼女、私がタケルのマンションを見張っていたことを知っていたのよ」

『それで二人が、結託してお友達を攫《さら》ったと？』

「そうとしか考えられない。だって今まで亜美と連絡が取れなくなったことなんて、ないんだから」

『家にもいないんですか？』

「分からない。亜美の家、知らないから」

『知らない？』

「だって、亜美。実家で家事手伝いだから。向こうの親に気を遣うから、行こうと思ったことなんてなかったもの」

編集者は、暫く黙った。

そして言った。

『ちょっと考える時間をください。何しろ、こういうことは初めてなので』

私は、分かった、と言って電話を切った。無理もない。取材の資料を集めることなど日常茶飯事だろうが、担当の作家が実際に事件に巻き込まれるとなったら、話は別だ。

念のため、その日の夜に、また亜美に電話をしたが、やはり電話に出なかった。

翌日、編集者から電話が来た。

『そんなに心配なら、警察に相談しましょう』

当然と言えば当然の判断だが、他人の口から警察という言葉を聞くと、今更私は恐れ戦いてしまった。

「それは考えたわ。でも、亜美がタケルに襲われたっていう決定的な証拠もないし、今の段階では相手にされないと思って」

『それを言うなら、泉堂莉菜がタケルと繋がっているという証拠もないですよ。とにかく、こうしていても埒《らち》が明かない。無駄足に終わってもいいじゃないですか。ご友人が無事なことに越したことはない』

そうね、と頷き、私は最終的に編集者の提案に賛成した。

そして、編集者とともに、タケルのマンションの建つ代々木近辺を管轄している警察署に向かった。

取材などの際は、極力、編集者にも同席してもらっている。特にこういう役所の類は、一流の出版社に勤める編集者の名刺がものを言う。私も名刺は持っているが、フリーランスだから信用という意味ではほとんど無価値だ。

それでなくとも、ほとんど犯罪被害がない今の段階では、まともに話を聞いてくれないだろうな、と思っていた。だが意外にも、刑事たちは私の話を真剣に聞いている様子だった。亜美とどこの高校で同級生だったのかまで訊いてきた。どんな細かい情報も見逃さない、という刑事のプロとしての気概を感じた。

特にタケルのマンションに行った部分は、微に入り細に入り、根ほり葉ほり訊かれた。同じことを何度も説明させられて閉口したが、それだけ刑事たちが私の相談内容を重要視しているということだ。

私が彼を疑っているように、刑事たちもタケルをマークしていたのだろう。もしかしたら、私の知らない別の事件に彼がかかわっているのかもしれない。鈴木家殺人事件、長女だけが生き延びた放火事件、そして少年院に入る原因となった殺人。これだけの犯罪がタケルの周辺で起きている。第四、第五の事件にタケルが絡んでいても決して不思議ではない。

「お願いです。亜美を捜してください。もしかして、タケルが彼女を襲ったのかも」

その言葉に何も答えず、刑事たちは私の顔をじっと見つめた。

そして、奇妙なことを言った。

「今日、ここに来たのは、あなたの意思ですか？」

「私が警察に行った方がいいと言ったんです」

答えたのは編集者だった。

「あなたが無理矢理連れてきた？」

「いや、そういうわけではないです」

「なるほど、じゃあ、やっぱり彼女の意思というわけだ」

一体、彼は何が言いたいのだろう。

「もう一度訊きます。あなたは、鈴木健さんを見張っていたんですね？」

「――そうです」

何か不穏な空気を感じたが、言質を取られて困る質問でもないので、素直に答えた。第一、それはさっきから繰り返し説明していることなのだ。

その時、部屋に新しい刑事がやって来て、私と話をしている刑事に耳打ちした。

気がつくと、部屋の中にいる刑事の人数が増えている。皆、一様に、私を不審人物のように見つめている。

さすがに腹が立ってきた。フリーランスだからといって、こんな目で見られなければならないのだろうか。

「確認が取れました。確かに当日、マンションの前の喫茶店に不審な女性客が来たそうです」

私は思わず苦笑した。どうとでも言えばいい。

「コーヒーをお代わりして、二時間近くずっと窓の外を見ていたそうです。従業員の方は、マンションを見張っていると、すぐに気づいたそうです。あそこは、ストーキングには最適な立地なので、以前にも同じようなことがあったようですね。よほど声をかけようかと思ったといいますが、必死の形相だったので、かかわりあいになりたくなかったと」

「必死の形相だなんて、そんな――」

「あなたに伺った話によると、ファンレターを送ってきた主婦、主婦の隣の部屋に越してきた男性、あなたの従弟、日野に住む鈴木健の義兄に、彼のことを尋ねたそうですね。もの凄い執念だ。世間では、それをストーカーと言います」

「違います！　ストーカーはあいつです！」

私は編集者が助け船を出してくれると思って、乞うように彼の顔を見た。

しかし、彼は俯き、決して私と視線を合わせようとはしなかった。

「つまり、泉堂莉菜という作家が本を書くために、意図的に事件を起こしたと。その事件とは、鈴木健にあなたと亜美さんを襲わせることだった——そうおっしゃる？」

別の刑事が、話に割って入るようにそう言った。

「だから、さっきから何度もそう言ってるでしょう⁉　現に亜美が今いなくなっているんだから！」

私が大きな声を出しても、刑事たちは表情一つ変えなかった。

「その根拠は？」

「泉堂莉菜が、タケルの住んでいるマンションから出てきたことです」

「顔をはっきり見たわけじゃないんでしょう？　他人の空似かもしれない」

私は口を閉ざした。何もなしに彼女を疑ったりしない。疑うに足る理由があるのだ。しかし、それをこの刑事たちに言っても、理解してはくれないだろう。

「泉堂莉菜さんが養子だというのは本当ですか？」

刑事たちは、私ではなく編集者に訊いた。

養子の件は本当のはずだと思う。しかし——一抹の不安が頭を過ぎる。私は今まで編集者がそろえてくれた資料を疑いもしなかった。

果たして編集者は、刑事の質問に言葉を濁した。

「すいません。確証があって言ったわけじゃないんです。確かに彼女は養子なんじゃないか、と過去に噂があったのも事実です。それは実際、冤罪の支援のために養子縁組をする活動家がかなりいるので、泉堂莉菜もその手合いかと思ったんです」

私は編集者を見た。あの時、自信満々に泉堂莉菜は養子です、と言ったくせに。

彼は私の視線に気づいているだろうに、こちらを見もしなかった。

「なるほど。まあ、それは調べれば分かることなんで結構です。話は変わりますが、西野冴子さん。あなたも作家なんですね？」

「そうです」

面と向かってそんな質問をされるのは腹立たしかったが、答えないわけにはいかない。

「署内中の人間にあなたのことを訊きましたが、誰もあなたのことを知りませんでした」

「それが何なんですか⁉」

なんて無礼な質問をするのだろう。もしかして、私が作家であることを疑っているのだろうか。

「私はちゃんと本を出してます。ネットで調べればその証拠はいくらでも――」

「いえ、あなたが本を出されていることを疑っているわけじゃない。作家と言ってもピンキりですからね。あなたはそれほど有名じゃない。つまり金銭的に困窮しているんじゃないですか？」

どこまで失礼な男だ。そもそも警察の人間は、作り事の推理小説なんて読まないだろう。だから私の名前を知らないだけなのだ。

「この方は、あなたの出版社でノンフィクションを出したいと？」

編集者は頷く。

「今までフィクションを書かれていたのに、急にノンフィクションを書きたいと申し出たんですね？」

「はい」

「何故だと思いますか？」

「それは、その――私には」

困ったように、編集者はこちらを向いた。決して目を合わさずに。

「何故ですか？」

と刑事は今度は私に訊いた。私は答えられなかった。

理由なんてない。あちこちタケルのことを訪ね歩いたのだ。努力が仕事にもなるのならそれに越したことはない。それだけのことだ。

「泉堂莉菜さんは、ノンフィクションを書くために、鈴木健さんにあなたを襲わせようとした――それがあなたの主張ですね。何故そう思うんですか？　それはあなたもそういう手段を使ってノンフィクションを書こうとしているからでしょう？　自分が思うから、他人もそう思うはずだ、という理屈だ。違いますか？」

私は答えられない。

そんなことを言ったら、すべてがそうだ。人間は、自分の価値観の範囲内でしかものを考えられないのだから。

「私は、話を面白くするために、タケルに親友を殺させようだなんて、思いもしません」

それだけ言うのがやっとだった。

そして、私は、もしかしたらこれが目的だったのかもしれない、と思い始めた。

誰の？

タケル？

泉堂莉菜？

白石唯――。

そして――。

「あの、これは何なんですか？」

呆然とする私に、ようやく助け船を出すように、編集者が刑事たちに訊いた。

「私たちは、もしかしたらあなた方から見たら、あまり誉められた行為をしていないかもしれない。不確かな情報で泉堂莉菜さんを養子と決めつけたり、ストーカーと疑われかねない取材を実行したり、そういう点は反省しなければならない。しかし、だからといって、先ほどからのあなた方の態度は何です？　こんなことをしている暇があったら、一刻も早く、西野さんのお友達を保護してください」

「あなたはその、彼女のお友達の篠亜美さんという女性と面識が？」

「ありません。でも、それが何です？」

その場にいる刑事たちが全員、私たちの、いや、私の顔をじっと見つめた。

そして一人の刑事が、私におもむろに言った。

「あなたのことを、我々は探していたんです。まさか、自分からやって来られるとは夢にも思わなかった」

「――何故です？」

「だから、鈴木健さんをストーキングしていたんでしょう？　喫茶店のウェイトレスはもちろん、現場近くで怪しい女を見たって目撃証言が山のようにありました。人相、風体ともに、あなたに間違いないでしょう」

「現場、近く？」

分からなかった。彼らは一体何を言っているのだろう。

「我々に説明しろと？」

黙りこくっている私たちに業を煮やしたのか、決定的なことを彼らは言った。

「鈴木健さんはマンションの自分の部屋で、遺体となって発見されました。検視の結果、あなたがマンションの前で大勢に目撃された直後に殺された可能性が非常に高い」

世界が終わったような気がした。信じていたものすべてが、塵のようになって崩れてゆく。

「ちょ、ちょっと待ってください。あなた方は、この西野冴子さんが、その鈴木健を殺したと言うんですか⁉」

「機会も、動機もあります」

「機会なんてないですよ！　だって、マンションには入れなかったんですよ！」

「彼女がそう言っているだけです。当日、現場にいた彼女を多数の人々が目撃しているんです。彼女は鈴木健さんがマンションに戻ってこなかった、と言っているが、事実は違うのかもしれない」

「――でも、彼女は鈴木健を殺す動機がないじゃないですか！」

「動機がない？　何を仰る。さんざん被害者を追いかけ回していたと、彼女が自分で説明したじゃないですか。動機はそれで十分です」

何だっていいんだ。

友人の恋人に横恋慕し、彼を追いかけ回し、受け入れられないから殺してしまった──そんな動機はいくらでも作ることはできる。

「もしかしたら、その篠亜美という女性も、この人が殺したのかもしれないな」

刑事の誰かが、そんな暴言を吐いた。私はその言葉に反論する心の余裕もなかった。

「で、でも。彼女が犯人だとしたら、わざわざこうして警察に相談しに来るはずないでしょう！」

編集者が必死に反論する。でも、もう私は泉堂莉菜が養子であるかどうかについて、彼が不正確な情報を流したことを知ってしまった。

私のことを庇ってくれるのは、担当の作家が犯罪者になると、いろいろと面倒だからだ。ただ、それだけなのだ。本当に私の無実を信じているわけじゃない。

「そういう犯罪者は珍しくないんですよ。自首しに来たのなら素直にそう言えばいいのに、我々にかまってもらいたいのか、もったいぶる連中が」

酷い、酷すぎる。

いくらなんでもこれはあんまりだ。私は髪を掻《か》きむしり、思わず声を荒らげる。

「あなた方は、何の根拠があって私を犯人扱いするんですか？　私がタケルを探していたことが、彼に対するストーキングと言うのはあなた方の勝手です。だけど、それは状況証拠にもなりません。そんなことで、私を勾留《こうりゅう》はできないはずです」

「いえ、勾留なんて気はさらさらありませんよ。今日はお帰りいただいて結構です。我々は存じ上げなかったが、あなたは高名な作家のようだ。顔が知られている有名人は、どこにも逃げられません」

　刑事はそう言った。明らかに皮肉だった。

　大したことじゃない、私は自分にそう言い聞かす。警察はあらゆる関係者を疑うものだ。むしろ、警察に犯人扱いされた作家ということで、ハクもつく。

　物的証拠がなければ逮捕はできない。そして、そんなものがあるわけがない。私はタケルを殺していないばかりか、彼の部屋に足一歩踏み入れてないのだから。

　そして亜美を思った。

　私は亜美がタケルに襲われたとばかり思っていた。でも、襲われて殺されたのはタケルの方だった。

　今、亜美は一体どこにいるのだろう。

　何故、連絡が取れないのだろう。

「それにしたって、異常ですよ。鈴木健がどんな人か知りませんが、西野さんの話によると屈強な男性のようです。女性に殺されるわけがない」

と編集者が世間一般的な意見を述べた。

刑事たちは顔を見合わせてから、言った。

「マスコミにも発表した情報ですから、これくらいはいいでしょう。被害者は大量のアルコールを摂取していました。泥酔状態のところを、首を後ろから梱包用のビニールの紐で絞められて殺されたんです。女性でも不可能な犯行じゃない」

だとしたら、私がインターホンを押した時、彼は酔っぱらって眠っていたから、応答がなかったということか？

しかし、その時、室内には彼を殺した犯人がいたはずなのだ。彼が泥酔する現場にいたということは、親しい間柄ということだろうか？

私の脳裏に、マンションから出てきたベリーショートの女の姿が浮かんだ。

あの女が泉堂莉菜かどうかは、ひとまずおくとしても、重要な容疑者には間違いないのではないか？　もしかしたら、彼女がタケルを殺したのかもしれない。

――白石唯。

「発見したのは誰なんです？」

「翌日、部屋を訪れた鈴木健さんの交際相手の女性が発見しました」

「誰です？」

私は間髪を容れず訊いた。名前は教えてくれなかったが、都内の大学に通う女子大生らしい。亜美と同時期に付き合っていたのか、亜美の前から姿を消した後に付き合い始めたのか。

だが、そんなことはどうでもいい。タケルが女にだらしない男というのは、分かっていたことだ。

「髪形は？」

「何でそんなことを訊くんです？　ストレートのロングですよ。あなたが見た短い髪の女じゃない」

そう言って刑事は、にやりと気持ちの悪い笑みを浮かべた。

「交際していたのなら、その人だって容疑者になりうるんじゃないですか？」

編集者が言った。

「ところが、彼女は大学のゼミ旅行に出ていたんです。部屋を訪れたのも、お土産を渡すためだったとか。つまりアリバイは完璧だ。彼女は犯人ではありえない」

交際相手が旅行に行くと分かっていたから、他の女を連れ込んだのだ。最低の男。だから、その女に殺されたのだ、きっと――。

「でも、たぶん、すぐに真犯人は分かります」

私を威圧するかのように、刑事はじっと私を見つめた。

「現場から、被害者のものでも、その彼女のものでもない、第三者の髪の毛が発見されました。部屋は常日頃から綺麗に掃除されていたようだし、状況から鑑みて、犯人のものと考えてまず間違いないでしょう」

私は思わず安堵した。疑われていると怯え、不安になったのがバカみたいだ。髪の毛から真犯人のDNAが採取できているなら、私は無関係であると簡単に証明ができる。

「今日はお帰りになって結構です。しかし、その前にDNAと指紋の採取をお願いしたいのですが」

「分かりました」

そんなものを採られていい気持ちはしないが、断ったら何かあるのでは、と疑いをかけられるかもしれない。

「良かった。DNAや指紋は、ちゃんとした手順に則って採取しないと、裁判の際に証拠として採用されませんから、後々面倒なんです」

「あの、私はいいんですよね？」

と編集者が訊いた。

「できればお願いします。関係者なので。もちろん任意ですから強制はできませんが」

渋々といった様子で、編集者は頷いた。こんな作家の担当になるんじゃなかった、と思っているかもしれない。

「指紋も見つかったんですか?」

何気なく私は訊いた。

「ええ。被害者は泥酔していたって言いましたよね。現場にあった炭酸水のボトルに指紋が付着していたんです」

「そうなんですか」

わざざわ炭酸水のボトルと言うくらいだ。きっとそのボトルにしか犯人の指紋が付着していなかったのだろう。

そして考えた。他の場所には指紋を残さなかったのに、何故、ボトルにだけ指紋を残すといったミスを犯したのだろうと。

——炭酸水のボトル。

「ハイボールでも作ったんですかね。日本じゃあまり見ないブランドで、何でもフランスの炭酸水らしいですよ」

――フランスの炭酸水。

「バドワ――」

私は思わずつぶやき、そしてハッとして顔を上げた。

部屋中の人間が、全員私の顔を見ていた。

「どうして、その名前を?」

「フランスの炭酸水ならペリエの方が有名でしょう。何故、バドワだと?」

「何故、鈴木健さんの部屋に行ったことのないあなたが、現場にあった炭酸水の銘柄を知っているんですか?」

刑事たちから、立て続けに繰り出されるその問いかけに、私は答えることができなかった。

その時、脳裏に亜美と電話で交わした会話が蘇った。

――駄目よ。どこに住んでいるか知らないもの。

――家に行ったことないの?

――うん。代々木に住んでいるとは言っていたけど。

――呆れた。お人好しにもほどがあるよ。

息を呑んだ。

私も亜美がどこに住んでいるか知らない。実家暮らしというから、気を遣って彼女の家に行ったことなどなかった。

ふと、視線を下に向けると、テーブルの上に髪の毛が一本落ちていた。

さっき髪を掻きむしった時に抜けたのだ。

——最近抜け毛の掃除が大変。

そうだ。初めてタケルを虎ノ門のバーで紹介された時、私は二人の写真を撮った。亜美はカメラから顔を背けた。写真を撮られたくないんだ、とその時は思ったけど、証拠を残したくなかったからではないのか。現に私は——今回の事件の関係者に、その写真を見せて回った。もし亜美の顔がはっきり写っている写真だったら——。

「私じゃない——」

刑事たちが、じりじりとこちらに近づいてくる。

私は立ち上がり、叫んだ。

「私は殺してない！」

女性の刑事が私の腕をつかんで、無理矢理座らせようとした。私はその手を必死にふりほどこうとする。

「放せ！」

「落ち着きなさい！」

「畜生！　あの女、私をハメやがって！　あの女がタケルを殺したんだ！　私じゃない！　私じゃないんだよ！」

刑事たちが集まって、よってたかって私を羽交い締めにしようとする。抵抗する私の手が編集者の顔面を直撃し、彼は座っている椅子ごと床に転倒して、不様に叫び声を上げた。

もちろん、彼にかまっている心の余裕はなかった。

「大きな声を出すな！」

「てめえ、放せって言ってるんだよ！　この野郎！」

室内に響く自分の怒鳴り声を、私はどこか客観的に聞いていた。そして亜美のことを考えた。勉強を教えてあげた亜美。タケルのような男に引っかかる頼りない亜美。私は彼女を見下し、彼女を助けてやらなければならないと思っていた。でも、そもそもその認識が最初から誤りだったとしたら？

脳裏のどこかで、亜美の笑い声を、私は確かに聞いた。

19

泉堂莉菜の取材用ＩＣレコーダーより抜粋。

西野冴子さんですよね。もちろん知っています。この学校の卒業生の中で、一番出世した人かもしれないから。もちろん、彼女より稼いでいる卒業生はいるかもしれないけど、有名人って意味では一番ですから。

でも、彼女を覚えているのは有名人になったからじゃないです。なんていうのかな。プライドが高いっていうか、自分が正しくなきゃ気が済まないっていうか、とにかく、そういう面倒くさいタイプだったんです。プリントの配り方とか、掃除の仕方とか、今から考えると、本当に子供っぽい、どうでもいいことなんですけど、案外、そういうところに人間の性格って出るのかもしれませんね。

成績はまあ上位だったけど、彼女より頭のいい人は何人かいました。もちろん一番になりたいんだけど、余裕がないから余計なところでつまずいて、二番手、三番手に落ち着く人でした。それが面白くないのか、たいてい不機嫌でした。それに、ちょっと間違いを指摘されると、この野郎！　だとか、ふざけんじゃねえ！　だとか、そういう汚い言葉で怒鳴るんです。その剣幕で男子も黙るぐらいで。だからクラスでは孤立していましたね。

＊

小説も、何十万部も売れるってわけじゃないんでしょう？　そりゃ数万部売れれば大したものかもしれないけど、彼女一番になりたがるタイプだから、それで焦って、今回みたいなことになってしまったんだと思います。

え？　篠亜美さん？　もちろん、彼女も覚えています。あんなことがあったから。でも、西野さんと仲が良かったかどうかは分からないなあ。

＊

このマンションに来たの初めて？　ああ、そうなんだ。そりゃ悪いことした。でも、言い訳するわけじゃないけど、昔のことだし、記憶も曖昧になるよ。それにあの作家、俺があなたを見たって答えるのを、明らかに期待している目をしていたから。誘導尋問みたいなもんだ。

でも、こうして見ると、あなた、やっぱり似てますよ。髪形が同じだと、全体的に似てくるのかな。

あの作家は、隣のババアと、この部屋の前の住人のことを、あれこれ知りたがってた。何でもババアに用があったんだって。やっぱり、犯罪者同士、惹かれあう部分があるのかな。

聞けば、嫌がらせの手紙が紫色だったのは、あの作家の影響だっていうじゃないか。もっとも、誹謗文書を送るのと、殺人とでは、罪の重さが段違いだけど。

そうそう。確かにあなたの他に、男の写真を見せられた！　あの人が殺されたんだろう？　ってことはあなたも殺されたかもしれない！　ほんと、良かったと思うよ。あの作家が一人殺しただけで捕まって。

隣のババア？　さあ、知らないよ。一体どこに越したんだか。誰も知らないと思うよ。夜逃げみたいなもんだから、引っ越し先を教えないのは当然でしょう？

あ、旦那の勤め先は知ってるよ。珍しい仕事だからよく覚えてるんだ。仕事の都合で引っ越したわけじゃないから、今でもその仕事していると思うよ。

＊

すいません。家内が多くの皆さんに、あんな手紙を送ってご迷惑をかけたことは、本当に申し訳ないと思っています。でも、取材は勘弁してください。西野冴子？　あの、人を殺した小説家ですか。え？　家内と友達？　そんなはずないでしょう。作品を読んでファンレターを送った程度の関係じゃないですかね。とにかくこれで失礼します。

確かに、彼女に妻が流産したことを相談しました。今から考えると、不用意だったかもしれません。誰かに突き飛ばされたかも、と疑ったのは事実ですが、従姉《いとこ》にそれを相談しても仕方がない。ただ小説家という、珍しい職業をしている彼女と一度ちゃんと話をしてみたかったのは事実です。そりゃお正月や法事では会いますし、俺の結婚式にも来ましたけど、会話なんかほとんどないですから。暗いというか、プライドが高そうというか、とにかくそういう印象があって、声をかけづらいんです。

＊

そうですね——最初は、いつもと同じ様子だったんですけど、タケルの名前を出すと急に興奮し始めました。彼に執着している様子でした。人を殺して回ってる、って言ったんです。まあ、異常でしたね。それで、自分がタケルを殺しちゃったんだから皮肉です。

白石唯があなたと似てるかって？
(数秒の沈黙)
あの、その、何て言うか——。
(数秒の沈黙)

ごめんなさい。いきなりあの女の名前を出されて戸惑ってしまって。タケルと以前、付き合っていた女でしょう？　確かに髪形は似てます。遠目で見たら勘違いする人もいるかもしれない。その、自殺した女性の後に越してきた人が間違えたのも無理はないかも。

あの女、従姉のファンですよ。それで、ちょっと付きまとわれた時期もありました。正直言うと、従姉に相談したのも、彼女に勧められたからなんです。

え？　何でそれを最初に言わなかったのかって？

白石唯との関係を知られたくなかった？　何言っているんだ。探られるような関係なんてありゃしないよ。タケルがバーベキューに来たのも、きっとあの女の差し金だろう。三角関係ってやつだ。白石唯とタケルと従姉の関係がもつれて、今回のことが起こったってことだ。俺は何にも関係ない！

＊

正直に言います。私はあの人に優越感を抱いていました。特に何かされたり、言われたりしたことはありません。でも、意識はしていました。自分の才能でお金を稼いでいるんですもの。もちろん尊敬しているけど、嫉妬の気持ちもありました。

私は結婚して仕事も辞めてしまいましたから、あのまま続けていれば違う人生があったんじゃないか、そう思うこともあります。そんなもう一つの未来の自分像に、あの人がぴったりはまったんだと思います。

いえ、小説なんか書けませんよ。何ていうか、夫に頼らずに生きていける自立した女の象徴に、あの人がぴったりはまったんです。

結婚式で初めて会ったんですが、無愛想な人だと思いました。あの人、もう三十過ぎているんでしょう？　それで独身だから、他人が結婚するのが面白くなかったんじゃないでしょうか。

私、思うんです。もしかしたら、あの人が私を突き飛ばしたんじゃないかって。きっと私が妊娠したことも面白くなかったはずです。もちろん、何の証拠もありませんけど、相手の男性を殺してしまったのだって、きっと男女関係のいざこざがあったんじゃないでしょうか。あ、あなたも三十過ぎて独身なんですか。いえ、別にあなたのことを言ったわけじゃないですよ。

＊

うるさい！　帰れ！　ぶっ殺すぞ、この腐れマスコミが！

夫が暴言を吐いて、申し訳ありません。警察の方にも言われましたが、冴子が警察署で同じように暴言を吐いて暴れたそうで、そのせいで心証がよけいに悪くなったそうです。

夫とは再婚でしたが、喧嘩になると感情的になって、汚い言葉で怒鳴るんです。それがなかったら本当に良い人なんですが——。

冴子も、子供の頃から夫の暴言を聞いて育ったんで、乱暴な言葉を使う人間になってしまったんだと思います。

確かに大人びた子供だったと思います。子供の時から大人の本を読んで——小学生の時、学校から注意も受けました。娘さんがナチスの本を学校に持ってきて、他の児童に悪い影響を与えるから止めさせてくださいって。娘に問いただしたら、ロバート・キャパという有名なカメラマンの本だったそうです。その本の中に、ナチスに味方した女性が、戦後、髪を切られて町中を歩かされている写真があったんです。その一枚を取り上げてナチスの本と決めつけるなんて、あまりにも過剰反応です。

今も、その時と同じです。小説家だから、好奇心が人より強いのは当然じゃないですか。

＊

あなただって、こうして娘の人となりを知っている人間を訪ね歩いているんでしょう？　私は冴子を信じています。冴子は殺していません！　殺していませんとも！

お話しできるのはこれだけです。どうぞ、お帰りになってください。

え？　篠亜美さんという女性と、高校時代に仲が良かったかですか？

さあ――私は知りません。もっともあの子は学校での友人関係を、あまり私に話しませんでした。でも、どこのお宅でもそうなんじゃないですか？　反抗期というわけではないですが、高校生ともなると。

篠亜美さんに、娘の携帯の番号を教えた？　だから申している通り、そういう女性は知りませんし、そもそも素性のはっきりしない人に、そんなことしません。こんな時代ですから。

＊

西野冴子に、あなたが養子だなんて嘘を言って申し訳ありませんでした。言い訳ではありませんが、嘘をつくつもりはなかったんです。

やっぱり作家さんって、自分の考えをしっかり持っている人が多いというか、政治的なことにもこだわりのある人がいて、そういう保守的な作家さんにとって、泉堂莉菜という名前が面白くないようですよ。冤罪という国家権力の横暴の告発をテーマにしている作家さんですから。

もちろん、あなたが新村事件の被告のお孫さんということは分かっています。それがますます彼らには面白くないんですよ。お身内の冤罪を晴らすことがモチベーションなら、単純にリベラルとか左翼とか、決めつけることはできませんからね。

だから、彼らはあなたが養子というデマを流したんです。要するに、国家権力を批判したいという目的が最初にあるから、自分から進んで、冤罪を叫んでいる被告の肉親になったんだと。僕もそのデマにまんまと引っかかってしまったんです。

え？　どういうことです？　どうして噂を確かめもしないで、あなたが養子だって西野冴子に言ったか？

(沈黙)

そうですね。あなたはジャーナリストだ。裏を取るのが基本だ――。

(沈黙)

申し訳ないです。確かめようとは思いました。でも、私はそれを怠りました。何故かというと、明らかに西野冴子が、そういう答えを望んでいるのが分かったからです。

私も彼女との付き合いが長いから分かります。あれって何々じゃない？　という質問を彼女がする時は、そうです、と答えろということなんです。もし、違いますよ、なんて答えると不機嫌になって電話を切られるのは目に見えていますからね。

正直言って、ホッとしているんです。もちろん、亡くなられた鈴木健さんは気の毒に思いますよ。でも、西野冴子って、そこそこ売れてるのをいいことに、私を顎《あご》で使うように、あの資料持ってこい、あの事件を調べてこい、ってまるで子分扱いです。

あなたが養子かもと言うことで、不正確な情報を彼女に伝えてしまったのも、顎で使われて神経が疲弊してしまったからです。都合が悪くなると暴言を吐くことも、あちこちから伝え聞いていました。そんな作家とは仕事しなければいいのですが、売れているから会社としても原稿をもらいたい。結局、辛い思いをするのは我々従業員です。

私だって怒鳴られたくない。だから、私は彼女のご機嫌を取るので必死だったんです。

え？　本当に彼女が鈴木健を殺した真犯人だと思っているかって？

だってそうでしょう。現場には彼女の指紋がついた炭酸水のボトルと、彼女の毛髪が落ちていました。それで部屋に足を踏み入れたことがない、っていうのは無理があるでしょう。

彼女は篠亜美という女性にハメられたと言っていますが、そんな女性、どこを探しても見つからないんですから。デパートで美容部員を騙った白石唯に警告されたって聞いた時から、変だな、って思っていたんですよ。そんなドラマみたいなことが現実にあるはずがない。きっと白石唯と篠亜美という二人の女性に実在感を与えるために、ありもしないことを言ったんだと思います。

Tの義理の兄の住所をどこで知ったかって？　ネットですよ。掲示板に書き込まれていたのを偶然見つけたんです。分かってます。そんなあやふやな情報を担当の作家に教えるのは良くないって。でも結局正しかったからいいでしょう？　はいはい、そのサイトのアドレスも教えますよ。

あ、打ち合わせの場所にタケルが現れた件ですか？　うーん、正直言うと、自信ないですね。他人の空似かもしれない。西野冴子はタケルの格好を、何か特異なものと考えていたようですけど、茶髪でズボンにチェーンをつけている男なんて、別に珍しくもなんともないですからね。さっきっから言っている通り、担当編集者は作家のご機嫌を取るのも仕事なので、西野冴子が望んだことを言ってしまったんだと思います。別に嘘をついたわけじゃありません。それっぽい人を見たのは事実ですから。

話はこれで終わりですか？　そうですか。では失礼します。

＊

ここに越してきたのは、タケシが日野に戻って来ると思ったからです。あなたは本で弟をTと表現しましたが、そのTがタケルという人物だと、何故、彼女が誤解したのかは知りません。思い込みが激しい人なんでしょう。

ええ。彼女は、弟の名前を一度も僕に尋ねませんでした。訊いても答えないと分かっていたからでしょう。そう言えば、タケルって言っていたようにも思います。ただ鈴木健という名前は、スズキタケルとも読めるので間違えたのだろうと、深くは考えませんでした。間違いを訂正する義務もないですし。

ただもし、彼女が弟の名前を訊いてきて、僕の反応から弟がタケルという名前ではないことに気づいても、人目を忍んでいるから弟がタケルという偽名を使っているのだと勝手に判断したでしょう。何となく、そういう独善的な女性のように思います。そのタケル、ですか？　一度そいつを弟と思い込んだら、もう一歩も引かない。

髪を染め、チェーンをつけているのも、変装の一種だと？　そういうの変装っていうんですか？　丸分かりじゃないですか。実際はそうではなく、ただ単に、そういう男だというだけですよね。

彼女に渡したあの手紙が悪戯だとすぐに気づいたのは、差出人がスズキタケルとあったからです。仮に偽名で生活していたとしても、肉親に出す手紙にその偽名を使うはずはありません。何しろ、あなたの本にはTとしかありませんからね。皆、勝手に想像しますよ。

たぶん、ネットにここの住所が載ってるんじゃないですか。え？　調べても見つからなかった？

西野冴子にここの住所を教えたその編集者も、ネットで調べたんですか。でも、こんなに嫌がらせの手紙が来たんだから、一時期、ネットにここの住所が晒されていたことは事実なんでしょうね。今は削除されているとしても。

＊

はい。娘は大学時代に交通事故で亡くなりました。夫からは、お前が免許なんて取らせるからいけないんだ、と責められました。免許といってもスクーターだし、それくらい許してあげなきゃ可哀想だと思ったんです。娘ももう子供じゃないんだから。それなのにトラックに轢《ひ》かれるなんて、想像できると思いますか？

西野冴子なんて人は知りません。高校時代に娘と仲が良かったなんてことも初耳です。大方、亜美の名前を出して、自分の罪を逃れようとしているんじゃないですか？

死んだと知っていたら、決して娘の名前なんか出さなかったでしょう。亡くなったことを知らないなんて、仲が良かったとはとても思えません。

あれから十年以上経って、やっと娘が死んだことを受け入れることができるようになったんです。それなのに、こんなことで思い出させられて不愉快な気分です。

いいえ、あなたが謝ることはないんですよ。ただ、娘が生きていたら、あなたぐらいの年になっていたなあ、と思うと——。

(すすり泣く声)

ごめんなさい。取り乱してしまって。お夕飯まだでしょう? 食べて行きませんか? 今日は亜美が好きだったクリームシチューなんです。

＊

この方はよくお見えになりました。作家の西野冴子さんなんですよね? 出版社にお勤めの方の紹介でこちらに来られて、それ以来常連さんになっていただいたんです。

常連さんが逮捕されて、この店の評判に傷がつくかも、と心配するスタッフもいますが、今のところ、そんな様子はありません。この店に来たマスコミの方は、あなたが初めてです。

西野冴子さんが連れてこられた方ですか? それはちょっと覚えていません。あの方、いろいろなお友達を連れてこられましたから。この店を知っていることを、自慢に思ってくれているようでした。ありがたいことです。そのお客さんのお連れになった方も常連さんになってくれれば、もっとありがたいのですが。

だから、その篠亜美さん、ですか？　その方がここに来たかどうかは、ちょっと分かりかねます。

＊

ああ、タケルね。もちろん、死んじゃったのは残念だよ。でも、こんなこと言っちゃいけないかもしれないけど、いい死に方はしないかもって思ってたよ。

だって、住んでるの代々木でしょう？　それも駅から徒歩数分の。定職にもついてないのに、あんなマンション住めないよ。タケルの仕事は知らないけど、いろんな人間に恨まれていたんじゃないかな。もちろん、これは単なる俺の想像で、実際のところは分からないけど。

あいつ、高校卒業したら専門学校のジャーナリストコースに入ったぐらいだし、あなたみたいなノンフィクションの作家に憧れていたんじゃないかな。でも後先考えずに突き進むタイプだから、いろんな方面に顰蹙《ひんしゅく》を買って、結局芽が出なかった。

うん――まあ、大きな声じゃ言えないけど、強請《ゆす》りたかりをやってたんじゃないかな。でも、あの作家がタケルを殺したのは、金銭トラブル以外の動機だろう？　それでタケルを殺した罪が軽くなったら、あいつ浮かばれないよ。

最初は、高校生の時かな。そう、あの鈴木家殺人事件だよ。あの生き残りと、タケル、同じ高校だったんだ。それでわざわざ、電車で一時間かけて鶴見まで行って、事件があった家を見てきたって。取り壊されて、とっくに駐車場になっていたけど、それでタケシの変な噂を聞いたらしいよ。噂の内容は分からないんだけど。

そう。あの生き残り、結局人を殺して少年院に入っちまったけど、その殺された斎門《さいもん》って男、タケルからその噂を金で買ったみたいだ。これ、俺から聞いたってこと黙っててくれよな。俺だって、変なことに巻き込まれたくないから。

＊

タケルの死体を見つけた時は、頭が真っ白になりました。世界が終わったような感じって、ああいうことを言うんですね。

タケルの格好をあれこれ言う人がいるのは分かります。でも、ああいう格好をしている人って、内面が弱いと思うんですよ。少なくともタケルの場合はそうです。相手を威嚇《いかく》するために、イキがっているんです。いろんな女と関係を持っているってタケルを殺したあの女は言っているようですけど、そんなはずはありません。彼は真面目な男でしたから。もう五年も付き合っているんです。それくらい分かります。出会った時、私は高校生でした。友達のお兄さんに紹介されたんです。

え？　淫行？　何でも好きに言ってください。昔の話ですから。本人は亡くなってしまったんだし、誰も彼を責めることはできません。それに、そんないい加減な男なら、一人の相手と何年も付き合うことなんてできるはずがないでしょう。

誰ですか、これ。白石唯？　タケルが浮気していた相手かもしれない？　違いますよ。タケルの好きな女性のタイプは分かっています。彼、長い髪が好きなんです。私、一度短くしたんですよ。あなたほどではないけれど。でもタケルに不評だったんで、また髪を伸ばしたんです。

あの女に殺される前、タケルの様子がおかしかったんです。変な女に付きまとわれて困るって。もし浮気だったら、付き合っている彼女にそんなことは言わないでしょう。どんな髪形かは聞いていません。私はその女があの作家のことだと思って、警察にもそう言いましたが、確証はありません。だから、タケルに付きまとっていたのが、あの作家じゃなくて、この写真の人だと言うのなら、そうかもしれませんね。

＊

わざわざ、写真を返しに来てくれてありがとうございます。あなたに写真をお貸ししたことを話すと、そんな胡散臭い人信用できないだろ、って酷いことを言う親族もいましたから。あの人はちゃんと返してくれた、と言ってやります。

はい。唯は私のことを、蒲田のおばあちゃんと呼んで、ことあるごとに泊まりに来てくれました。だから、この街に住む子供と仲良くなったこともあるかもしれません。

でも、火事があった日ではないですよ。あんなことがあったから、私はしっかり覚えています。その日、あの子が到着したのは夕方でした。私は駅まで迎えに行って、一緒にここまで来たんです。もう辺りは暗くなっていたから、どこにも寄り道しませんでした。そして次の日の朝に火事の一報を聞いて、慌てて向こうに行ったんです。そんな、友達と遊んでいる余裕なんてありませんでした。

だから、その小説家の人が孫と会ったことがあるとしても、その日ではないです。別の日じゃないですか？

ええ。もちろん、唯は私が引き取りました。それはもう、当然のことでしょう。え？　なんです？　その作家、私が唯を引き取らなかったって言ってるんですか？　この街に唯が引っ越してきたら、自分が気づかないはずがないって理由で？

なんてまあ――。

（沈黙）

ごめんなさい。でも、やっぱりあんな事件を起こす人って、自分勝手な理屈を振りかざすんだな、って思いまして。

新しい学校に転校してきた時、唯が泣いて帰ってきたのを覚えています。友達が私を覚えてなかったって。誰のことだか分かりませんでしたが、その小説家のことですか。

でも、本当に腹が立ちます。自分が忘れて唯を傷つけた癖に、唯が蒲田に住んでいなかったただなんて！

その人、どこの小学校に通ってたんですか？　あ、そうなんですか。間違いありません。唯もそこに通っていました。

でも、思うところはあります。唯は髪が長かったんですが、私が引き取ってから髪を短くしてしまったんです。やはり家族を全員亡くしたから、あの子なりに、それが悔やみのつもりだったんでしょう。

髪形が大きく変わったから、その小説家も唯のことを思い出さなかったんでしょう。でも、こんなことになったから急に思い出すなんて酷い話です。唯と一日だけ遊んだことが、あの人にとって、何か有利になるのでしょうか？

唯とは何年も会っていません。やはり、子供の頃の火事で家族全員亡くしたことが心の傷になって尾を引いたせいでしょうか。何年も前に一度会ったっきりです。一応警察にも相談したんですが、大人が自分の意思でいなくなったのだから、捜査の対象にならない、と冷たい返事でした。

唯も、ちょうどあなたと同じぐらいの髪の長さでした。あなたと初めてお会いした時、一瞬、唯が戻ってきたと思ったぐらいですもの。

え？　その小説家、本当にあなたのことを唯だと思っていたんですか？　まあ、それは——どう言っていいか分かりませんが、やはり唯のことをろくに覚えていなかった証拠でしょう。その小説家にとって、唯は、所詮、それだけの存在だったんです。

＊

唯ちゃんですか。はい、行方不明になったことは知っています。私は中学校が唯ちゃんと同じクラスだったんですが、火事で元々の家族が亡くなったことは卒業間近に知りました。お祖母ちゃんと暮らしていて何か事情があるとは思っていましたが、それまで訊いたことはなかったんです。私、何て言っていいか分からず、しどろもどろになってしまったんですけど、唯ちゃんは笑いながら、あんな家族死んでせいせいした、って言ったんで吃驚《びっくり》してしまいました。

唯ちゃんは、家族よりもお祖母ちゃんの方が好きだと言っていました。だから、こうして蒲田で暮らすことができて、本当に幸せだって。私、正直、ぞっとしました。強がっているのではなく、本当にそう思っているかのような口調だったからです。

唯ちゃんがお祖母ちゃんと暮らしたいがために、住んでいた家に火を放ったんじゃないか――そんなことを思ってしまったぐらいです。でも、いくら親に虐待を受けていたとしても、ありえませんよね。自分の家に火をつけるなんて。それに火事の当日、唯ちゃんはお祖母ちゃんの家に泊まりに行ったんですよね？　アリバイがあるってことです。

泉堂さんと話していると、唯ちゃんのことを思い出します。顔はぜんぜん違うんですよ。でも髪形が一緒です。唯ちゃん、昔は髪が長かったんですよ。それを思い切ってばっさり切ったそうです。火事のせいじゃないかと、私は思っているんです。

＊

西野冴子さんのことですね。はい、覚えていますよ。あまり話したことはなかったけど、この小学校で一番出世した人ですから。それなのに、あんな事件を起こして本当に残念です。

――あ、他の同窓生も同じことを言っていたんですか。やっぱり皆考えることは一緒ですね。次の同窓会はこの話題で持ちきりだと思います。

ロバート・キャパの本を学校に持ってきて問題になった？　ああ、たぶん、あのことですね。ナチスに協力した女性が街を歩かされている写真でしょう？　西野さんは、あの写真に異常な関心を示していました。私たちもそうでしたが、何ていうか、ああいう歴史の側面は、絶対に学校の授業では教えてくれませんから。

私はその女の人たちを可哀想に思いましたけど、西野さんは、少し違った目で見ていたようでした。

西野さんは、こう言ったんです。戦争で負けると男は殺されるけど、女は髪を切っただけで許してもらえるのね、って。泉堂さんは髪を短くされていますけど、もしかしたら、そういう髪形をしている女性を、西野さんは特別な目で見ていたのかもしれませんね。

白石唯さん？　さあ――ちょっと覚えていませんね。あ、一学年下なんですか。それは覚えている人はいないと思いますよ。下級生との交流なんてほぼないし。まあ学校の外では別かもしれませんけど。少なくとも、西野さんが下級生と仲良くしていたなんて話は聞いたことないです。

＊

そうよ。新宿駅で清掃のバイトを始めて長いよ。別に時給がいいわけじゃないけど、慣れ親しんだ仕事だからね。この歳で新しい仕事を覚えるのも辛いし。トイレで着替え？　もちろん、禁止！　普段だったら別に大したことじゃないかもしれないけど、最近、ほら、あれ、ハロウィン？　流行ってるでしょ。普段から禁止にしておかないと、そういう時にトイレが更衣室になっちゃうから。

でも、やっぱり着替えるお客さんはいるねえ。まさか監視カメラをつけるわけにはいかないから、取り締まりなんかできないよ。でも、中学生とか高校生が学校帰りに普段着に着替えて遊びに行くのはどうかと思うねえ。

酷いのになると、扮装用の衣裳を置きっぱなしにする人もいるから。置き忘れたのか、捨ていったのか分かりゃしない。この間なんて、ここに長い髪のカツラがあったのよ！　うん、個室じゃなくて、ここの鏡の前に！

20

泉堂莉菜著『作家　西野冴子の真実』より抜粋。

エピローグ

第一章は西野冴子の生い立ち、第二章では鈴木健さん殺害にいたる過程、第三章では裁判の経過を追ってきたが、最後に趣向を変えて、違った視点からこの事件にアプローチしてみたいと思う。

それは西野冴子が主張する冤罪説が正しかった場合、いったいこの事件は、誰が何の目的で起こしたのか、という推測である。あくまでも筆者の想像の域を出ないが、ただ興味深い証言もいくつか聞いている。

『鈴木家殺人事件の真実』とその続編『続・鈴木家殺人事件の真実』では、いっさいの推測を省いて、事実のみの記述にとどめた。今回も、西野冴子によって引き起こされたとされる犯罪の記述のみにとどめようかとも考えた。

ただし、冤罪の無惨さは新村事件によって逮捕投獄された者の孫——私、泉堂莉菜には十二分に分かっている。たとえ一パーセントであっても、西野冴子に冤罪の可能性があるのなら、彼女の主張を無視しないのが、ジャーナリストの本分だと信じるからである。従ってこのエピローグは蛇足であり、興味のない読者には読み飛ばしていただいてまったく構わない。

まず第一に、彼女に鈴木健さんを紹介した篠亜美という女性は実在していたのか。実在していたとしたら、その正体は誰なのか、という問題である。

篠亜美という女性の存在が西野冴子の創作だとしたら、首を傾げる点は少なくない。実際の篠亜美さんは十年以上前に交通事故で亡くなっているのだ。もし嘘だとしたら、どうして架空の人物の名前を出さなかったのだろう。実際の人物をモデルにした方が嘘がばれない、と思ったのかもしれないが、それにしても既に亡くなった高校時代の同級生とは、人選ミスの感は否めない。

誰かが、西野冴子を陥れるために篠亜美さんになりすましたとしたら。

その誰かこそ、放火事件の生き残りの、白石唯ではないのか。

白石唯は幼少期、両親、もしくは両親のどちらかに虐待を受けていた形跡があった。頻繁に蒲田の祖母の家に泊まりに行ったのは、虐待から逃れるためだったのではないか。

火事で家族が死に絶え、白石唯は好きだった祖母に引き取られる。事態は彼女の望んだ通りになった。もし、その火事に白石唯本人がかかわっていたとしたら。

もちろん、白石唯は火事発生当時、祖母の家に泊まっている。アリバイは完璧だ。協力者がいなければ、彼女に犯行は成し得ない。

その協力者として、拙著『鈴木家殺人事件の真実』でTとして記述した、鈴木健（以下、タケシ）の存在が浮上するのだ。

西野冴子は、いわゆるこれを交換殺人と考え「殺人鬼のカップル」などと表現した。だが、白石唯が鈴木家殺人事件の真犯人と考えるのは、当然無理がある。小学生の女児が、一家をほぼ全滅に近い形にまで殺戮《さつりく》するのは不可能だろう。万が一成し得たとしても、夜中に家を出て、返り血を浴びて帰ってきた娘を両親が不審に思わないはずがない。

鈴木家殺人事件は土地の権利争いで、鈴木家の遠縁の男性によって引き起こされた惨劇であることは、ほぼ確定している。押し入った形跡がなかったのも、事前に男性の手引きがあり、鈴木家側が実行犯を客人として招き入れたからだ。もちろん男性は、当時の捜査でも動機があるとして容疑者の一人に浮上したが、依頼されて実際に犯行に及んだ暴力団関係者との接点が見つからなかった。西野冴子の今回の事件によって、鈴木家殺人事件が改めてクローズアップされたことより、良心の呵責《かしゃく》と、秘密を握っている暴力団関係者の恐喝を恐れて、男性が罪を告白する遺書を残し自ら命を絶ったことは記憶に新しい（その件についての詳細は拙著『続・鈴木家殺人事件の真実』を参照のこと）。

旗色が悪くなると暴言を吐く性格に加え、やはりフィクションの作家だからか思い込みの激しさが、警察の西野冴子犯人説をより強固にしたのは想像に難くない。

そのことを予期していた篠亜美に変装した白石唯が、西野冴子の頭髪と、指紋がついた炭酸水のボトルを現場に残していった可能性はないだろうか。

白石唯とタケシの仲が良かったことは、当時の同級生が証言している。白石唯とタケシの両名は完全に消息を絶ち、本稿執筆時点に至っても、遂に見つかっていない。欠席裁判のようで心苦しくもあり、このような姿勢が冤罪を生むことは重々承知している。だが、やはり二人は何かしらの秘密を抱えているのではないか（もちろん、本書出版後に二人が姿を現した暁には、彼らにインタビューを行い『続・作家　西野冴子の真実』を上梓する準備はできている）。

興味を抱いたのは、運良くベッドの下に隠れていて助かったタケシが、家族を皆殺しにされて喜んでいたという証言だ。鈴木家は、特に母親は教育熱心で有名で、もしかしたら家族に対する鬱積した不平不満があったのではないか。祈りが通じた、とまで言っていたという。

『鈴木家殺人事件の真実』は、予断を控えて、できるだけ客観的に執筆したつもりだが、もしかしたら、筆者のタケシに対する不信感が、知らず知らずににじみ出てしまい、西野冴子に交換殺人などというバカげた発想を抱かせてしまったのかもしれない。

そして筆者もバカげた発想をすることを許して欲しい。西野冴子の交換殺人説は、半分が正しく、半分が間違っていると思う。すなわち、やはり白石家の放火はタケシの手によるものではないか。

状況証拠しかない。しかし、多くの人々の証言を総合して鑑みるに、そうとしか思えなくなってくるのも事実である。タケシは、白石唯が親から虐待を受けていることを知っていた。そして酷い親から解き放たれる快感も覚えていた。本当は自分の家族を殺したいと思っていたのではないか。しかし、それはもうできない。既に殺されてしまったから。だから、その代わりに、もう一つの酷い家族――白石家殺害に踏み切ったとしたら。

決意をしたのは、タケシだけではない。白石唯もそうだ。火事当日に祖母の家に行っていたことも、二人が共謀していた可能性を示唆している。

ここで、登場するのが幼少期の西野冴子だ。彼女と白石唯の祖母は同じ町内に住んでいて、西野冴子は一つ下の白石唯と遭遇した可能性がある。子供同士のこと、すぐに仲良くなっただろう。

西野冴子は白石唯に何かを語った。そのせいで、白石唯とタケシが共謀して放火に至ったのではないか。

勾留されている西野冴子に、筆者は何度も面会に通った。録音は禁止されているし、事件に関する質問も原則できないので歯がゆかったが、興味深い回答を得た。

以下は、筆者の記憶とメモ書きに基づく、東京拘置所での筆者と西野冴子の会話の一部である。


(筆者) 小学校にロバート・キャパの本を持ち込んだ？

(西野) 図書館で借りたのよ。そういう大人の本を読んでいる自分が格好いいと思って。

(筆者) ナチスと関係を持った女性が、丸坊主にされて街を歩かされている写真を、同級生に見せた？

(西野) フランスのシャルトルで撮られた写真よね。有名な写真よ。学校に持ってきて何が問題なのか分からないわ。

(筆者) 戦争で負けたら男は殺されるけど、女は髪を切るだけで許される、と言った？

(西野) 懐かしいわね。その台詞。誰から聞いたの？　まあいいわ。情報元は明かせないものね。でも実際そうじゃないの？　髪は女の命っていうぐらいだものね。

るものでしょう？

（筆者）その台詞を誰に言った？

（西野）忘れたわ。いろんな人に言ったかも。子供って、そういう大人びたことを言いたが

るものでしょう？

（筆者）祖母の家に泊まりに来た、白石唯にも言った？

西野冴子の回答は、断定はしなかったが、たぶん言った、とのことだった。

そもそも西野冴子は、白石唯のことを忘れていた。今回のことがなかったら、きっと一生思い出さなかっただろう。だが、白石唯にとってはそうでなかった。

女は髪を切れば許される——その考えは、幼かった白石唯に呪縛のように響いたのだろう。そして、タケシと結託して、自らの家族を焼き殺すというアイデアにも繋がった。だからこそ、白石唯は事件後、髪を短く切ったのだ。

だが計画通り祖母に引き取られ、蒲田に越してきた白石唯を、西野冴子は完全に忘れていた。白石唯にとって、西野冴子との出会いは、それこそ神の啓示にも等しかっただろう。しかし神にとって一人の少女など、会ったその日に忘れるような存在に過ぎなかった。そのことに白石唯が気づいたその日から、彼女にとって西野冴子は不倶戴天《ふぐたいてん》の敵となった。

西野冴子の冤罪説に気持ちが傾いたのは、偏《ひとえ》にTの存在からだった。『鈴木家殺人事件の真実』に登場するTは、もちろんタケシのことである。しかし殺されたのは名前のイニシャルと姓が同じ、鈴木健さん（以下タケルさん）だった。

西野冴子の主張が正しいとして論を進めると、彼女の前に現れた篠亜美は、白石唯の変装であることは間違いないだろう。タケルさんが有楽町のバーで篠亜美に声をかけ交際が始まったということだが、もちろん篠亜美の方からタケルさんに声をかけられるように、巧みにアプローチをしたに違いない。

そしてタケルさんを虎ノ門のバーで西野冴子に紹介した。もちろん、彼がTであると誤解させるためである。

筆者が西野冴子冤罪説を捨て切れない理由は、タケルさんの存在である。鈴木家殺人事件の生き残りと同じ名字、同じイニシャルの男性が、白石唯から郵送で『鈴木家殺人事件の真実』を受け取った西野冴子と、偶然遭遇するものだろうか。

篠亜美は、美容部員に化けた白石唯に忠告を受けたと西野冴子に説明したそうだが、これも当然、篠亜美の作り話と考えるべきだろう。Tはタケルさんであり、自分やその親戚に危害を加えようとしている、と西野冴子に思わせるのが、篠亜美イコール白石唯の目的だったのだ。

髪形が似ている、ただその一点で、筆者イコール白石唯だと、西野冴子が誤解することも、考えに入れていたのかもしれない。

作家とは、往々にして好奇心が強いものである。西野冴子は自分の意思で行動しているつもりであっても、まるで蜘蛛の糸のように張り巡らされた白石唯の罠に落ちていったのだ。

それでは今回の事件の被害者、タケルさんは一体どのような人物だったのだろう。

筆者は当初、タケシと名字とイニシャルが同じというだけで選ばれたと考えた。鈴木は非常に多い姓であり、イニシャルがTの人間を選ぶことはそう難しくないはずだ。

しかし二人の性格を鑑みるに、それだけでタケルさんを犠牲者に選ぶだろうか。西野冴子を陥れた動機は、女は髪を切れば許されるというアイデアを白石唯に与え、結果タケシによる放火事件を引き起こさせたにもかかわらず、彼女のことを完全に忘れていた西野冴子に対する復讐である。

もちろん、逆恨みのようなものだ。しかし些細なものかもしれないが、二人にはタケルさんをターゲットに選んだ、明確な動機があるはずなのだ。筆者はそれを知りたいと思った。

そしてある一つの興味深い事実に辿り着いた。

タケシは高校時代、鈴木家殺人事件を取材するために彼の前に現れたマスコミ関係者を、ナイフで殺して少年院に入っている。家族を殺した犯人が捕まっていないことから疑われ、カッとなって刺してしまったという。それらしい理由だが、もっと別の理由があったとしたら？

被害者の斎門は筆者と同じフリーランスで、当時黒い噂が絶えなかった。得た情報を元に関係者に対して恐喝まがいの行為をしていたという。タケルさんの生活も、その斎門から得たノウハウを元にしていたのではないか。

タケルさんは卒業後、ジャーリストを養成する専門学校に入学したが、校長の浮気を追及し自由研究として学校に提出して退学になったという。そのバイタリティには感服するが、タケルさんには引くべきところは潔く引く、という精神が圧倒的に欠けていた。

タケルさんは高校時代にも、そのジャーナリズム精神を遺憾なく発揮したのではないか。タケシと同じ高校に通い、漢字がまったく同じで名前が似ているから、間違えられて鈴木家殺人事件のことを聞かれることもあったのではないか。

彼は鈴木家殺人事件に興味を抱き、独自にタケシの調査を開始した。そして地元に住んでいた、当時のタケシの同級生と会った。そこで、放火事件があった当日に、日野に住んでいたタケシが鶴見に戻っていたこと、タケシと白石唯が親密に交際していたことを知った。タケルさんが、放火事件とタケシを一本の線で結んだのは想像に難くない。

タケルさんはその情報を持て余し、斎門に売った。斎門にとってその情報は、風化していた鈴木家殺人事件への興味を、ふたたび蘇らせるものだった。斎門はタケルさんから得た情報を、タケシの脅迫に利用した。だからタケシに殺された。自分の罪が明らかになったら、白石唯も好奇の目に晒される。鈴木家殺人事件の取材で付きまとうマスコミを殺した、という動機なら誰もが納得し、それ以上詮索しないだろう。白石唯までは被害が及ばない。

だからこそタケルさんがターゲットになったのだ。似た名前だという理由だけで、タケシの過去を探り、その情報をマスコミに売り、タケシを少年院に送り込んだ罪を償わせるために。

日野にはタケシの義兄の小松長治さんが住んでいる。タケルさんからの情報の裏取りのために、斎門は彼の元を訪れたのだろう。そして、まさか義弟が殺人を起こすとは夢にも思わず、タケシのことを斎門に話してしまったのではないか。

小松さんは、自分のせいでタケシが斎門を殺したと思ったかもしれない。そして深く後悔し、タケシに謝りたいと思っただろう。だからこそ、日野に戻ろうと決意したのではないか。いつかそこに、彼が帰ってくると信じて。

そして恐らく、タケシは、彼が日野に戻ったことを知っていた。西野冴子が小松さんに見せられたという、大量の嫌がらせの手紙だ。その手紙はすべて、白石唯とタケシ本人によって送られたものではないか。言うまでもなく、差出人が「スズキタケル」の手紙をカムフラージュするためだ。名前がカタカナ表記なのも、その可能性を示唆している。「鈴木健」だと、小松さんがその手紙を義理の弟本人から送られてきたものだと気づいてしまうかもしれない。

すべてはその手紙を、義兄が悪戯だと思い、一方、西野冴子は本人からだと思うように仕向ける策だった。西野冴子はT＝鈴木健＝スズキタケルであると思い込んでいるのだから。健（タケシ）の敵の健（タケル）を殺した罪で、白石唯の敵の西野冴子を投獄させる。これはそういう復讐ではなかったのか。

もちろんすべては筆者の想像である。しかし筆者は、この想像を妄想と切って捨てることができそうにない。

何故なら、この想像が正しければ、筆者の存在もまた、西野冴子の表現を借りると「殺人鬼のカップル」の計画の一部ということに他ならないからだ。西野冴子が逮捕された暁には、筆者がこのような本を出版することを想定していたに違いない。恐らく西野冴子犯人説を補強するものとして、裁判員にも読まれるだろう。

筆者は白石唯にコントロールされている可能性をも視野に入れて、本書を執筆した。だから一般の読者には蛇足である、このエピローグも、白石唯への筆者なりのメッセージと言えるかもしれない。

もし本書を白石唯、そして鈴木健（タケシ）が目にしていたら、どうか名乗り出て欲しい。そして真実を聞かせて欲しいのだ。筆者の想像がまったく事実を無視したものだったら、潔く謝罪したいと思う。その準備は整っている。

筆者――私、泉堂莉菜は、ただ一ジャーナリストとして、真実が知りたいだけなのだから。

21

週刊クレール『今日の一冊』より。
『作家　西野冴子の真実』泉堂莉菜著
記憶に新しい、作家西野冴子が男女関係のもつれによって引き起こした事件を丹念な取材に基づいて描いたルポタージュ。西野冴子という女性が、どのような人生を送り、どのようにして犯行に至ったかはスリリングで読みごたえがある。
だが本書のもっとも特異な点はエピローグにある。報道通り西野冴子は冤罪を主張しているが、新村事件をライフワークにしている著者らしく、エピローグでは西野冴子の主張を正しいと仮定した上での推理が繰り広げられているのだ。

本書で真犯人と名指しされている二人の男女は、事件の関係者と目されているが、現在行方不明になっている。著者の泉堂莉菜は「行方不明の二人に話を聞きたいから、このような手段を取るしかなかった」と述べているが、もし西野冴子が自分の罪を逃れたいがために嘘をついているとしたら、二人に対する大変な名誉毀損である。

出版社によると、訴えられた際の賠償、本の絶版も覚悟の上だそうだ。状況によっては書店から消える可能性が読者の購買欲を煽《あお》り、五刷七万部という、ノンフィクションとしては異例の売り上げの理由になっていると言えるだろう。

22

東都新聞朝刊記事より。

『樹海で発見された遺体。殺人事件の犯人の可能性』

年に一度、山梨県警が行う樹海捜索で、寄り添うように亡くなっている男女の遺体が発見された。遺体にはそれぞれ、ビニール袋に入れられた遺書が発見された。男性の遺体には、自分は鈴木家殺人事件の生き残りであり、同じ街に住んでいた交際相手の家に放火したことを告白している。女性の遺体はその交際相手と見られる。

　作家の西野冴子が起こした殺人事件の真犯人として、ノンフィクション作家、泉堂莉菜氏が捜していた二人と目され、現在警察は身元の確認を急いでいる。

23

　週刊標榜記事『ノンフィクション作家、泉堂莉菜の嘘』(文責・桑原銀次郎)より抜粋。

　鈴木家殺人事件の生き残り、そしてジャーナリスト斎門殺害の罪で少年院に入った鈴木健(すずきたけし)、そして、その恋人で自分の家族を鈴木健に焼き殺させた白石唯の遺体が発見された。場所が樹海で発見が遅れることを念頭に置いていたのだろう。二人の遺体の傍《かたわ》らには、ビニール袋に入れられた遺書が置かれていた。

　その遺書で二人は白石家の人々を焼き殺した罪悪感に耐えられず、自ら死を選ぶと告白している。泉堂莉菜の著書『作家　西野冴子の真実』のエピローグで描かれた彼女の推理が正しかったことを証明する結果になった。

『作家　西野冴子の真実』は即日増刷し、累計十五万部を突破した。テレビのニュース等でインタビューに答える姿をごらんになった読者も多いだろう。その美貌にファンの数も急上昇中だという。まさしく、今回の事件は泉堂莉菜の知名度を上げることに一役買った。西野冴子の冤罪を裏付ける決定的な証拠！ と持ち上げるメディアもあったほどだ。

『作家 西野冴子の真実』がベストセラーになったことに観念した二人が、樹海に入って死を選んだ、というのが大方の見方だった。だが、今週になってその見方を覆す、驚愕の事実が明らかになった。

鈴木健と白石唯が死亡したのは、どんなに死亡推定時期を狭めても、三年以上前だというのだ。司法解剖の結果が遅れたのは、死体がほぼ白骨化し、正確な死亡時期、死因等を割り出せなかったからだ。

お分かりだろうか。西野冴子が篠亜美と名乗る女に鈴木健（すずきたける）を虎ノ門のバーで紹介されたと主張するその日に、鈴木健（すずきたけし）と白石唯は、とっくに樹海で死亡していたのだ！

従って、白石唯が篠亜美に化け、鈴木健（すずきたけし）と共謀して鈴木健（すずきたける）を殺害したという西野冴子の主張は、まったく成立しないのだ。

件のエピローグが正しかったのは、白石家の放火事件についてだけで、後はすべて誤りということになる。出版社は「訴えられた際の賠償、本の絶版も覚悟の上」などと言っていたが、いったいどう責任を取るつもりなのか。当事者が既に死亡していれば、その名誉を毀損しても良いというのか。遺族が告訴する可能性もありうる。
この件について泉堂莉菜に取材を申し込んだが、納得のいく回答は得られていない。

24

東都新聞ネット版速報記事より。

『作家　西野冴子に懲役十五年』

交際関係のもつれで自称・ジャーナリスト鈴木健（すずきたける）氏を殺害した罪で起訴された作家・西野冴子被告に懲役十五年の判決が下った。被告は一貫して無罪を主張し控訴を繰り返したが、今回の最高裁で判決が確定する。

西野冴子はたびたび法廷で暴言を繰り返し、著しく心証を悪くしたが、今回も騒ぎを起こした。判決後「すべてはお前が自分の本を売るために仕組んだんだ！」と大声で叫び、傍聴席にいた『作家　西野冴子の真実』の著者、泉堂莉菜氏に飛びかかろうとしたのだ。

被告はすぐに取り押さえられ、退廷を命じられた。記者は泉堂莉菜氏にコメントを求めたが、氏はノーコメントを貫き法廷を後にした。

25

泉堂莉菜から西野冴子の担当編集者へのメール。


お世話になっております。先日はインタビューさせていただいて、どうもありがとうございました。

どうしても不明な点がありましたので、ご連絡差し上げました。

以下の二点です。

1．西野冴子との打ち合わせの席でタケルの姿を見たのは、結局人違いということですが、あなたははっきりと、見た、と断言したと西野冴子から聞いています。失礼を重々承知でお尋ねしますが、あなたはひょっとして、あの時、本当にタケルの姿を見たのではありませんか。あるいは、何か意図があって嘘をついたのではありませんか。
2．鈴木健の義理の兄、小松長治の住所をあなたはネットで調べたと仰いましたが、あなたに教えられたサイトは既に閉鎖されていました。そのこと自体はよくあることですが、あのようなアンダーグラウンドなサイトをどのようにして見つけられたのでしょうか。

失礼なご質問かと存じますが、お返事お待ちしております。あなたにとって不都合な情報は世に出さないとお約束します。

26

泉堂莉菜から自身の編集者へのメール。


お世話になっております。

世間では白石唯の正体はお前ではないか、と口汚く罵るように主張する心ない人々もいますが、私は何も気にしていません。常識的に考えれば、そんなことはありえないと分かるはずです。

自分で言うのも気が引けるのですが、私はそれなりに顔を知られています。そんな人間が樹海で死んだ白石唯の名前を騙り、今回の事件の関係者の間を暗躍して、誰にも気づかれないということがあるでしょうか？　西野冴子は、私が彼女に、白石唯の祖母が住む町を教えた時、諦観混じりのような声を発したから、私と白石唯が同一人物だなどと主張しました。あまりに根拠のない推測で笑うしかありません。

確かに私はその時、思い切ったような声を発したかもしれませんが、それは元々、西野冴子の実家が蒲田にあると知っていたからです。人と会う時は、その人物のバックグラウンドを調べるのはジャーナリストの基本ですから。余計なことを教えない方がいいかも、と不安でしたが、案の定、思い込みの激しい彼女は勝手に動き回り自滅しました。愚かとは彼女のためにある言葉でしょう。

ただ、今回の事件の取材は続けたいと思います。西野冴子と初めて会った時、信用ならない女性だとは思いました。取材でいろいろな人間を見てきましたが、西野冴子は典型的なストーカータイプです。警察にもそう証言しましたが、それがもしかしたら懲役十五年という求刑の、参考意見程度にはなったかもしれません。

タブレットで、彼女がタケルと呼ぶ男性の写真を見せられた時、はっきりTとは違うと答えれば良かったかも、と今でも思います。ただ私自身Tとは会ったことがなく、卒業アルバム等の写真でしか顔を見たことがなかったので、もしかしたらTなのかも、という考えが答えをためらわせたのも否定できません。髪形や髪の色を変えると、人間の印象は変わるものです。タケルと名乗っているのも、前科を隠すためかもしれないと。

もちろん、今ではタケルとT、つまり鈴木健（タケシ）とは別人であることははっきりしています。私も彼から直接話を聞きたくてTを捜し回りましたが、まさか樹海で死んでいるとは思いもしませんでした。

十五年は長いです。しかし、西野冴子は間違いなく出所後にお礼参りにくるでしょう。そういう可能性も覚悟してこの仕事をしているつもりですが、進んで危害を加えられたくはありません。彼女の冤罪を晴らしてやり、恩を売るのも一興でしょう。

私は白石唯という女は実在していると考えます。正確には、樹海に鈴木健（タケシ）と共に入って自殺した、白石唯の名前を騙った女です。

今回の事件で様々な関係者にインタビューを行いましたが、西野冴子の従弟、そして担当編集者は何かを隠していると思いました。南城萌の隣人の主婦に関しては、会うことすらできませんでした。私から逃げているという印象です。担当編集者にせよ、先日疑問点を指摘したメールを送ったのですか、まったく梨のつぶてです。

白石唯はこの三人の弱みを握って、西野冴子が鈴木健（タケル）を殺すよう、または殺しても不思議ではないと周囲の人間に思わせるように、誘導したのではないでしょうか。

とりあえずは、その白石唯の足取りを追うところから始めたいと思います。新宿駅のトイレに残された、長い髪のウィッグがその手がかりになりそうです。

新村事件以外に、もう一つライフワークができた、今はそんな気持ちです。

27

桑原銀次郎の取材用ICレコーダーより抜粋。

莉菜ちゃん凄いですね！　もうすっかり有名人だから、莉菜ちゃん自身が取材の対象になるんだ！

大学時代から、存在感がある人でしたよ。変装の噂を聞いた？　はいはい！　あのことね！　莉菜ちゃん、長いウィッグをつけて授業に出てたことがあるんです。誰も最後まで莉菜ちゃんって気づかなかった！　声を聞いた人もいるのに！

そりゃ私ら女はメイクで簡単に化けられるけど、あれは凄いわ。声まで変えてるんだもん！　どっちかって言うと、普段は落ちついた声だから、ちょっと盛っただけで別人になれるんだと思います。

何でそんなことをするんだ、って訊いたら、実験、って一言で答えられたのは覚えています。やっぱりジャーナリストだから、変装して犯罪組織に潜り込むようなこともするんでしょうかね。でも大学時代からその準備をしていたのはやっぱり凄いわ。

面白かったのは、そんな莉菜ちゃんに、二十面相の女だ！　って言った子がいたことですね。そんな変装の名人がいるでしょう？　ネーミングが昭和だよ！　って、ひとしきり笑ったけど、じゃあもっと格好いい名前はないかな、って皆で考えたんです。何だったかな——。

あっ！　思い出した。メタモルフォーゼ！　メタモルフォーゼの女！

28

桑原銀次郎から『週刊標榜』編集長、中田へのメール。


『作家　西野冴子の真実』は遂に五十万部突破したようですね。このペースだと六十万部、七十万部は確実でしょうし、百万部を超える可能性もあります。『続・作家　西野冴子の真実』の出版計画もあると聞きますし、実現した暁には様子を見てまず初版十万部といったところでしょうか。いずれにせよ、近年を代表するベストセラーになるでしょう。

獄中の西野冴子はどう思っているのでしょう。他人が自分のことを書いた本が、自分の著作では決して成し得なかった成績を叩き出しているのですから。事件後、西野冴子の名前は一躍有名になり、著書が売り切れ状態になりましたが、社会的な影響を鑑みて増刷は成されなかったようです。

やはり泉堂莉菜は怪しいと思います。常識的に考えて『作家　西野冴子の真実』を、あんなエピローグで締め括《くく》るのはありえません。西野冴子の冤罪の可能性を示唆するのはいいですが、実名を出しまくって好き勝手に推測するなど、名誉棄損で訴えられるのも覚悟の上だったのでしょうか。

彼女は分かっていたのではないでしょうか。白石唯とタケシが樹海で死んでいることも、何者かが篠亜美に成り済まして、タケルを殺し、その罪を西野冴子に擦《なす》りつけたことも、すべて知っていたから、堂々とあんなエピローグをつけた。もちろん本が話題になって売れるのを見越してです。

今回の一連の出来事で、もっとも利益を得たのは、間違いなく泉堂莉菜でしょう。彼女が直接タケルを殺したとは言いません。しかし、彼女なら巧みに人の心を操って、殺人を引き起こさせることも、難しくはないと思うのです。

中田さんの許可をいただければ『ノンフィクション作家、泉堂莉菜の嘘』の続報を書きたいのですが、いかがでしょうか。

噂によると彼女は、新村事件以外にもう一つライフワークができた、などと言っているそうです。もし彼女が、自分が起こした事件を、自分の都合のいいように取材しているとしたら、そしてその自作自演をこれからも続けるつもりだとしたら、こんなスキャンダルはないでしょう。彼女を追うことが、どうやら私の当面の目標になりそうです。

この作品は書き下ろしです。原稿枚数348枚（400字詰め）。

幻冬舎文庫

●最新刊
沈黙する女たち
麻見和史

廃屋に展示されていた女性の全裸死体が、会員サイト「死体美術館」にアップされた。次々起こる廃屋での殺人事件、正体不明の脅迫者。真相は一体？「重犯罪取材班・早乙女綾香」シリーズ第2弾。

●最新刊
午後二時の証言者たち
天野節子

患者よりも病院の慣習を重んじる医師、損得勘定だけで動く老獪な弁護士、人生の再出発を企む目撃者……。ある少女の死に隠された、罪深い大人たちの身勝手な都合。慟哭の長編ミステリー。

●最新刊
鍵の掛かった男
有栖川有栖

中之島のホテルで老年の男が死んだ。警察は自殺と断定。だがホテル関係者は疑問を持った。有栖川と火村が調査するが男の人生は闇で〝鍵の掛かった〟状態だった。男は誰か？　驚愕の悲劇的結末！

●最新刊
狂信者
江上　剛

フリーライターをしている恋人の慎平が高年収に魅せられ入社した投資会社の、年金基金の運用実態に疑念を抱く新聞記者の美保。彼女が突き止めた驚くべき真相とは？　迫真のクライムノベル！

●最新刊
極楽プリズン
木下半太

理々子は、バーで出会った男から、「恋人を殺した罪で刑務所に入っていたが、今、脱獄中だ」と打ち明けられる。ありえない話だが、のめり込む理々子。どんでん返しの名手による、衝撃のミステリ！

幻冬舎文庫

●最新刊
それを愛とは呼ばず
桜木紫乃

妻を失った上に会社を追われた五十四歳の男と、タレントになる夢に破れた二十九歳の女。孤独な二人をつなぐものは、「愛」だったのか、それとも――。美しくも不穏な傑作サスペンス長編。

●最新刊
生激撮!
田中経一

警察のガサ入れを実況中継する高視聴率バラエティ『生激撮!』をめぐって次々に起きる事件。予想外の展開に潜む陰謀の正体とは。欲望と嫉妬が渦巻くテレビ業界を描くノンストップ・サスペンス。

●最新刊
ゴールデン・ブラッド GOLDEN BLOOD
内藤　了

都内で自爆テロが発生した。消防士の圭吾は多くの命を救うが同日、妹が不審な死を遂げる。真相を追う圭吾の目の前で連続して発生する変死事件。真犯人は誰なのか。慟哭必至の医療ミステリ。

●最新刊
欲
西川三郎

末期がんの老人・雄吉の元を訪れた介護士の彩。雄吉に見初められた彩は高級マンションの譲渡を条件に心身ともに雄吉に奉仕する日々を送る。しかし奇跡的にがんが消えたことを知り――。

●最新刊
罠
西川三郎

自動車販売会社に勤める真人は平穏な日々を送っていたが、同じマンションに住む女・玲子と出会い、人生が狂い始める。支店勤務に左遷され、妻の莫大な借金が発覚――。玲子の目的は何なのか。

幻冬舎文庫

●最新刊
からくりがたり
西澤保彦

自殺した青年の日記に女教師との愛欲、妹の同級生との交歓が綴られていた。彼女らは次々と惨い事件に遭遇。大晦日必ず起きる殺人。現場には謎の男〈計測機〉……。西澤版「ツイン・ピークス」！

●最新刊
禁忌
浜田文人

元刑事で今は人材派遣会社の調査員として働く星村真一。彼があるホステスの自殺の真相を探るか、何者かに襲われて……。何故女は死ななければならなかったのか？　傑作ハードボイルド小説。

●最新刊
ゼロデイ　警視庁公安第五課
福田和代

警視庁の犯罪情報管理システムが、何者かに破壊される。捜査が混乱する中、公安部の寒川は新米エリート刑事の丹野と組むことに。世代もキャリアも異なる二人が、巨悪に挑む緊迫のミステリー。

●最新刊
雨に泣いてる
真山　仁

巨大地震の被災地に赴いたベテラン記者・大嶽は、究極の状況下で取材中、地元で尊敬される男が凶悪事件と関わりがある可能性に気づく……。読む者すべての胸を打ち、揺さぶる衝撃のミステリ！

●最新刊
おじいちゃん、死んじゃったって。
山﨑佐保子

彼氏とのセックスの最中に受けた電話は、祖父の訃報だった――。葬儀に集まった三家族。しかし、兄妹の確執、家族崩壊など、それぞれが抱える厄介な事情が表面化して……。珠玉の家族物語。

幻冬舎文庫

●好評既刊
日本の「運命」について語ろう
浅田次郎

日本の未来を語るには、歴史を知らないと始まらない！　特に現代生活に影響を与えているのは江戸以降の近現代史。人気時代小説家による、驚きと発見に満ちた現代人必読の一冊。

●好評既刊
アイネクライネナハトムジーク
伊坂幸太郎

人生は、いつも楽しいことばかりじゃない。でも、運転免許センターで、リビングで、駐輪場で、奇跡は起こる。情けなくも愛おしい登場人物たちが紡ぐ、明日がきっと楽しくなる、魔法のような物語。

●好評既刊
孤高のメス　完結篇
命ある限り
大鐘稔彦

ライバルにして親友、藤城俊雄を救うため、徹夜の生体肝移植手術に臨む当麻鉄彦。一方、鉄心会の理事長・徳岡鉄太郎が突如難病ＡＬＳに侵されて――。医療ドラマの最高峰、ここに完結。

●好評既刊
雨の狩人(上)(下)
大沢在昌

新宿で起きた殺人事件を捜査する佐江と谷神。事件の裏側に日本最大の暴力団が推し進める驚くべき開発事業の存在を突き止めるが……。「新宿鮫」と双璧をなす警察小説シリーズ、待望の第四弾！

●好評既刊
きみはぼくの宝物
史上最悪の夏休み
木下半太

誰にでも「大人になった夏」がある。江夏七海にとって、十一歳の夏休みが〝それ〟だった――。初めての恋と冒険。それを邪魔する、落ちぶれた冒険家の父。ドキドキワクワクの青春サスペンス。

幻冬舎文庫

●好評既刊
夜また夜の深い夜
桐野夏生

顔を変え続ける母とアジアやヨーロッパの都市を転々とし、四年前からナポリのスラムに住む。国籍もＩＤもなく、父親の名前も自分のルーツもわからない。疾走感溢れる現代サバイバル小説。

●好評既刊
いま、死んでもいいように
執着を手放す36の智慧《ちえ》
小池龍之介

「自分らしく生きなければ」「老いてなお盛んでなければ」——現代人がいかに誤った思い込みをしているかを、ブッダの言葉から説き明かす。《いま、ここ》だけに集中し最高の幸せを手にする法。

●好評既刊
感じる科学
さくら剛

「超高速ですれ違う亀田兄弟」にとって、お互いのパンチはどのように見えるのか？　光・重力・宇宙——真面目な科学の本質を、バカバカしいたとえ話で解き明かし、爆笑と共に世界の謎に迫る！

●好評既刊
新版 お金持ちになれる黄金の羽根の拾い方
知的人生設計のすすめ
橘 玲

国、会社、家族に依存せず自由に生きたいなら資産1億円が要る。欧米や日本では特別な才がなくとも勤勉と倹約それに共稼ぎだけで目標に到達する。誰もができる人生の利益の最大化とその方法。

●好評既刊
人生ほの字組
EXILE NAOTO

かつらが飛んでも踊り続ける小林直己の真面目さやELLYの規格外のスケール秘話等、EXILE TRIBEメンバーの素顔が満載。過激な日常をパックした、EXILE NAOTOによる文才光る爆笑フォトエッセイ。

幻冬舎文庫

●好評既刊
世界の果てに、ぼくは見た
長沼　毅

砂漠、海洋、北極、南極……。「科学界のインディ・ジョーンズ」と呼ばれる著者にとって、未知なるもので溢れる辺境は、夢の地。研究旅行での神秘的な出来事や思索を綴った、寄り道エッセイ。

●好評既刊
持たない幸福論
働きたくない、家族を作らない、お金に縛られない
pha

「真っ当」な生き方から逃げて楽になった。世間の価値観にとらわれず、仕事や家族やお金に頼らず、社会の中に自分の居場所を見つけ、そこそこ幸せに生きる方法を、京大卒の元ニートが提唱する。

●好評既刊
プラージュ
誉田哲也

仕事も恋愛も上手くいかない冴えないサラリーマンの貴生は、魔が差して覚醒剤を使用、逮捕される。仕事も住む場所も失った貴生が見つけたのは、訳ありばかりが暮らすシェアハウスだった。

●好評既刊
森は知っている
吉田修一

南の島で知子ばあさんと暮らす十七歳の鷹野一彦。一見普通の高校生だが、某諜報機関の訓練を受けている。同じ境遇の親友が姿を消すなか、最終試験となる初ミッションに挑む。青春スパイ小説。

●好評既刊
サーカスナイト
よしもとばなな

バリで精霊の存在を感じながら育ち、物の記憶を読み取る能力を持つさやかのもとに、ある日奇妙な手紙が届き、悲惨な記憶がよみがえる……。自然の力とバリの魅力に満ちた心あたたまる物語。

M《エム》の女《おんな》

浦《うら》賀《が》和《かず》宏《ひろ》

平成29年10月10日　初版発行
令和4年11月15日　4版発行

発行人――石原正康
編集人――高部真人
発行所――株式会社幻冬舎
〒151-0051東京都渋谷区千駄ヶ谷4-9-7
電話　03(5411)6222(営業)
　　　03(5411)6211(編集)
公式HP　https://www.gentosha.co.jp/

印刷・製本―図書印刷株式会社
装丁者――高橋雅之

幻冬舎文庫

ISBN978-4-344-42652-8　C0193　う-5-9